너를 만난 건 행운이었어

너를 만난 건 행운이었어

이별은 없어, 무한대의 바오

오리여인 글·그림

봄*

차례

아기 판다가 태어났어요

엄마, 나는 자라고 있어요

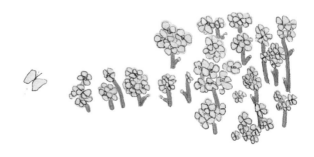

우리는 바오 패밀리입니다

내 별의 주인이 될 때가 왔어요

너를 만난 건 행운이었어

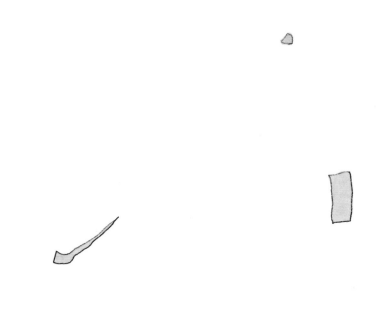

아기 판다가 태어났어요

나의 첫 강아지

외할아버지가 키우던 개가 새끼를 낳았는데 그중 제일 똑똑하고 예쁜 강아지를 엄마와 아빠가 결혼할 때 선물했단다. 흰색 몸통에 갈색 점박이가 섞인, 정확한 품종은 알 수 없는 투박한 시골 개. 부모님은 뽀삐라는 이름을 붙여 주었다. 뽀삐는 사랑이 넘치는 강아지였다. 누가 우리 집 대문을 넘기만 해도 꼬리를 흔들며 부리나케 달려나갔다. 낮잠을 자고 있어도 눈을 번쩍 떴고, 그릇에 코를 박고 신나게 밥을 먹고 있다가도 힘차게 달려나갔다.

어느 날, 깨갱 비명이 들렸다. 그 소리는 직감적으로 뽀삐에게 무슨 일이 벌어졌음을 알렸다. 동네 아저씨의 오토바이에 치인 것이다. 뒷다리가 심하게 부러졌고, 결국 뽀삐는 다리를 절게 되었다.

그렇게나 달리기를 좋아하던 뽀삐였지만 그날 이후 달리지 못했다. 그래도 누군가 우리 집 대문을 넘어오면 변함없이 다가와 혀로 손등을 핥았다. 절뚝거리는 탓에 예전처럼 빨리 달리지는 못했지만.

그때 어렴풋이 알았다. 동물은 모두 순백색에 사랑이 가득한 영혼이라고 말이다. 사랑이 넘쳤던 나의 첫 강아지 뽀삐.

사람을 좋아하는 것보다

동물을 좋아하는 게 편할 때가 있어

적어도 동물은 배신하거나

나를 먼저 떠나지 않잖아

슬픔을 만들어 주지 않아

푸바오를 보면

아무 걱정 없이

마음껏 또 힘껏 사랑할 수 있어 편안해

아무 걱정 없이

나를 위한 소박한 도시락

나는 도시락 싸는 걸 좋아한다. 도시락통도 여러 개 있다. 법랑으로 된 3단 민트색 도시락통, 4단짜리 피크닉 전용 도시락통, 보온 기능이 있는 3단 스테인리스 도시락통, 그리고 타원형의 나무로 만들어진 1단 도시락통도 있다. 이 중 내가 가장 좋아하는 건 나무로 된 1단 도시락 통이다. 몇 단이나 되는 도시락통은 처음부터 나보다는 누군가를 위해 샀던 것들이다. 그래서 가장 편한 건 소박한 도시락통이다. 이걸 구입하기 전에는 집에 있는 락앤락 통이나 엄마가 준 반찬 통들 중 적당한 걸 사용했다. 그러다 점점 도시락 싸기에 재미를 붙이면서 기분을 내고자 몇 년 전에 이 나무 도시락통을 샀다.

누군가를 위해 도시락을 쌀 때는 멋지고 화려하고, 그만큼 시간과 정성이 필요한 음식을 담는다. 반면 내가 먹을 도시락을 쌀 때는 최대한 간단하게 꾸린다. 귀찮아서가 아니라 간소한 도시락을 먹을 때 속도 마음도 편하기 때문이다.

먼저 흰밥으로 도시락 밑면을 골고루 채운다. 그 위에 달걀프라이 하나를 끝쪽으로 오게 얹고 겹치지 않게 다른 반찬을 올린다. 대개 그날 냉장고에 있는 것들이다. 삶은 두릅이나 브로콜리에 초고추장을 적당히 묻혀 넣는다. 된장고추절임, 멸치볶음, 두부조림 같은 냉장고 단골 메뉴도 선호한다. 냉장고가 텅 비어 있을 때는 스팸을 두툼히 굽거나 그마저도 마땅치 않으면 김치에 간장과 참기름만 뿌린 채 가져가기도 한다.

도시락을 싸서 나오면 얼마나 기분이 좋은지. 12시가 되기만 기다린다. 당장 먹고 싶은 마음을 꾸욱 참고 12시에 뚜껑을 열면 송골송골 물기가 맺혀 있다. 밥과 반찬은 적당히 미지근해져 있는데 내가 딱 좋아하는 상태다. 밥 한 번 뜨고 짭조름한 달걀프라이를 조금 찢어 먹으면 별것 아닌데도 참 맛있다. 꼭꼭 씹어 먹으면 아무리 단출한 반찬도 어떤 맛집이 부럽지 않다.

도시락을 싸는 날에는 아침부터 나에게 무언가 해주었다는 마음, 절약했다는 뿌듯함, 과식하지 않았다는 으쓱함, 그리고 오늘의 내가 꽤 괜찮은 듯하여 즐겁다. 마무리가 가장 중요하다. 깨끗하게 설거지하고 도시락통의 물기를 털고 잘 마르게 세워 놓을 때가 클라이맥스로 보람차다.

남에게 보이는 것, 보여 줄 것, 이야기할 거리도 없는, 나에게만 집중한 맞춤 활동이다. 어려운 것도 없고 까다롭지도 않은 간소한 도시락이라 몇 년간 꾸준하게 즐기는 나의 끼니 생활이다.

아이바오~

매일 대나무만
먹어도 괜찮아?

왜?
너무 맛있는데?

그렇구나,
신기하다

인간도 대나무 같은

볏과 식물을 먹는 것 아냐?

그렇잖아

벗과 식물을 먹는 동지

땋아 준 사랑

"엄마가 땋아 준 거니?"

초등학교 1학년 때 선생님이 한 말이다. 엄마는 딸의 헤어스타일에 공을 들였다. 제일 많이 한 머리는 머리카락을 양 갈래로 나눈 다음 오른쪽은 열 가닥으로 나누어 전부 땋고, 왼쪽도 열 가닥으로 나누되 촘촘히 땋는 스타일이었다. 그때는 당연한 줄 알았는데 지금 돌이켜보면 아침잠 많은 엄마가 매일 아침 나를 씻기고 밥 만들어 먹이고 옷 입혀 학교에 보내는 와중에 머리 모양까지 신경 썼으니 보통 성가신 일이 아니었을 터다. 여기에 개성 넘치는 머리 방울도 몇 개나 함께였다.

선생님은 바쁜 아침에 정성 가득한 머리 모양을 만드는 게 대단하다고 했다. 큰 의도를 담지 않은 말이었을 수도 있지만 소심한 내게 그 말은 대단한 힘이 되었다. 어찌 보면 요란한 헤어스타일이었지만 하고 있으면 갑옷처럼 든든해졌달까.

6학년이 될 때까지 엄마는 열렬히 내 머리를 만졌고, 고학년이 되어서는 친구들이 놀릴 때도 있었다. 하지만 난 초등학교를 졸업할 때까지 꿋꿋하게 엄마가 땋아 준 머리로 학교를 다녔다.

사랑은 정말 핑크빛인지도 몰라

낑 소리

"이게 뭐지? 어머, 새끼 판다의 울음소리구나!"

임신 기간 내내 나는 침대에 누워 생활해야 했다. 그나마 임신 초기에는 잠시 앉아 그림을 그릴 수 있었지만 배가 점점 불러오면서 화장실 가는 시간과 밥 먹는 시간 외에는 꼼짝없이 침대에서 보내야 했다. 팬데믹으로 어차피 밖을 자유롭게 다니지 못했던 게 다행이었을까. 그날도 침대에서 무료한 시간을 보내고 있는데 한 영상이 추천으로 떴다. 아이바오의 출산 영상, 즉 푸바오의 탄생을 담은 영상이었다.

나도 임신 중이라서였을까? 아이바오의 출산은 곧 있을 나의 출산처럼 느껴졌다. 이후로 매일 작은 분홍색 생명체가 커 가는 과정을 함께했다. 친구 같고 가족 같았다. 영상을 보는 일은 일과가 되었고 푸바오를 보며 내 뱃속의 생명도 푸바오처럼 별 탈 없이 태어나 귀엽고 씩씩하게 자라길 바랐다.

나 같은 사람이 많았는지 푸바오의 이름 공모에는 5만 명이 투표했다고 한다. 그중 한 명이 나다. 몇 달 후, 신기하게도 푸바오처럼 볼이 빵실하고 귀여운 딸이 태어났다.

보면 볼수록 빠져드네

미지의 시간

길을 가다 호박꽃이라며 반가워하니 옆에 있는 사람이 오이꽃이란다. 세상에나! 모양도 색도 이렇게 닮았는데 커서는 아예 다른 열매가 자라는구나.

만물 대부분은 태어났을 때와 성체가 되었을 때의 모습이 다르다. 나뭇잎에 붙어 있는 눈곱만 한 알만 해도 그렇다. 이것이 노랑나비의 알인지 무당벌레의 알인지 아니면 긴 다리를 가진 초록 여치의 알인지 알 수가 없다. 꿀벌이 수만 번 날개를 펄럭이며 하늘과 꽃 사이를 종횡무진 날아다니는 모습을 보면서 누가 꿀벌이 애벌레 시절 꿈틀거리며 기어다녔을 거라 상상할 수 있을까.

땅에서 싹틔우는 것들도 매한가지다. 씨앗을 뿌려 본 이가 아니면 싹만 보고는 이것이 덩굴이 될지 몇 미터 이상 자라는 아름드리 나무가 될지 모른다.

참말로 생명이 태어나고 자라는 시간은 미지의 시간이다. 주어진 건 생명뿐, 그 하나로 저마다의 능력을 키우고 열매를 맺고 키를 키우며 살아간다.

우리가 어떤 모습일지는 우리도 모르지

박새 부부

엄마와 아빠가 사는 시골집에 올해로 3년째 찾아오는 박새 부부가 있다. 크기는 참새와 비슷하거나 조금 작고, 흰색과 검은색 털이 섞여 있다. 3년을 지켜보니 이 새는 늦봄과 초여름 사이에 와서 알을 낳는다. 처음에는 마당에 세워 둔 오래된 차 뒤편에다 둥지를 틀고는 알을 낳았다. 그다음 해에는 지붕 밑 철제로 된 선반 위에, 그리고 올해도 작년과 같은 선반 위에 알을 낳았다.

3년째 들락날락하니 한눈에 알아보았다.

"박새가 또 찾아왔구나."

연신 집 이곳저곳을 오가며 푸드득거려 뭘 하고 있나 보니 집을 짓고 있는 듯했다. 가까이 가서 보고 싶은 마음도 일었지만 새가 알을 낳기 전에 사람이 둥지를 들여다보면 위협으로 느껴 다른 곳으로 간다고 하길래 궁금해도 꾹 참고 기다렸다.

잠시 박새를 잊고 지내던 어느 날, 쨱쨱 소리가 나서 올려다보니 새끼들이 태어난 게 아닌가!

내가 새끼들을 궁금해하니 동생이 잠시 둥지를 내려 주었다. 알고 보니 처음 박새 부부가 새끼를 낳았을 때부터 지렁이며 여치를 잡아주는 등 이들의 육아를 돕고 있었다고 한다. 둥지 안에는 여섯 마리의 아기 새가 있었다. 방금까지만 해도 분명 지저귀고 있었는데 둥지가 움직인 탓인지 눈을 꼭 감고 입도 꽉 다문 채 고개를 박고는 꼼짝도 하지 않았다.

박새 부부가 뭘로 둥지를 만들었나 들여다봤다. 고양이 털 같기도 하고 마당에서 키우는 강아지 털 같기도 한 동물의 털, 지푸라기, 그리고 대체 어디서 났을까 싶은 빨간 플라스틱 끈까지 가지각색이다. 얼마나 야무진지 신기할 따름.

동생 말에 따르면 박새는 천적으로부터 자신과 새끼를 보호하기 위해 냄새가 나는 다른 동물의 털을 둥지에 심는단다. 어떤 박새는 여우의 털을 뽑기도 한다는데 얼마나 무서웠을까? 새끼를 안전하게 키우는 게 더 중요하다 여겨 목숨을 건 행동까지 불사한단다.

동생이 다시 둥지를 올렸다. 우리가 둥지에서 떨어지니 박새 부부가 잽싸게 둥지로 돌아간다. 얼마나 걱정했을꼬. 이내 둥지와 밖을 오가며 먹을 것을 나르기 시작했다.

내년에도 만나. 꼭 다시 와 줘.

푸바오

자연은 한시도 가만히 있지 않아

대나무는 하룻밤 사이에도 쑥쑥 자라지

아무리 작은 나무의 잎사귀라도

바람에 단 하나도 똑같이 흔들리지 않아

잔디 위의 개미는 늘 바쁘지

구름도 햇살도 시시각각 달라

그래서 자연은 늘 새로운 거야

푸바오가 사는 자연

세상에서 가장 부드러운 사투리를 구사하는 남자

경상도 토박이인 내가 느끼기에 경상도 사투리는 유머러스하지만 '싸나이' 같은 면이 있어 단어 하나하나까지 고심하는 나의 성향과는 안 맞다. 뜻 없이 건넨 말에도 종종 상처받곤 해서인지 결혼은 다정하고 부드러운 느낌을 주는 서울말 쓰는 사람과 하고 싶었다.

원래도 예민한 기질에 이런 환경에서 자라다 보니 더 삐죽삐죽해져 상대 말투에 빠르게 반응하는 사람이 되었다. 여전히 대부분의 사투리에는 거친 느낌을 받는데 그 마음을 스르르 녹인 사람이 있다. 강철원 사육사. 그는 순창 태생이라 말씨에 전라도 사투리가 배어 있다. 시아버지도 완도 출신에 전라도 사투리가 섞인 서울 말투를 쓴다.

전라도에서 태어났지만 서울에서 생활한 지 오래되었다는 공통점이 있지만 두 사람의 말투는 다르다. 시아버지 말투도 부드럽고 교양 있지만 다정하진 않다. (아버님, 죄송해요.) 반면에 강 사육사님의 그것은… 꽤 로맨틱하고 달큰하달까? 인심 좋은 동네 빵집 주인 아저씨 같다. 빵보다 부드러운 미소와 크림보다 달콤한 말투로 나를 녹인다. 내가 아는 세상에서 가장 부드러운 사투리를 구사하는 이다.

동물을 사랑하는 사람들을 보면 그런 마음이 들어

이 사람은 따뜻하겠다

나의 뒷모습을 보여 주어도 괜찮겠다

그런 마음 말이야

우리는 주키퍼

오히려 그렇지 않을 때

암흑 속에서 식사해야 하는 스페인의 한 레스토랑에 관한 뉴스를 접한 적 있다. 빛 하나 없는 어둠 속에서 손님들에게 음식을 내오는 곳이다. 이곳에서 식사하고 싶으면 입장하기 전에 빛이 나는 시계나 핸드폰, 카메라 등을 모두 맡겨야 한다. 테이블까지 능숙하게 손님들을 안내하는 직원들은 실제로 눈이 보이지 않거나 좋지 못한 이들이라고 한다.

특히 인상적이었던 것은 빛에 익숙한 이들이 암흑 속에서 식사하면 다칠 수 있으니 식기를 전부 없애 모두 손으로 식사한다는 점이었다. 여러 식기를 쓰는 나는 이 부분이 재미났다.

손을 오므려서 수프를 떠먹는 걸까? 많이 뜨거울 텐데. 잘 익은 스테이크를 손으로 잡아 곧장 입으로 넣으면 온몸으로 먹는 것 같겠네? 샐러드의 채소며 과일도 얼마나 빳빳한지 바로 알 수 있겠단 생각이 들었다.

손님들의 방문 소감도 어렴풋이 기억한다. 눈을 사용할 수 없는 만큼 다른 감각들을 더 많이 이용하기에 음식의 맛도 완전히 달라진다고 한다. 무엇보다 상대와 진솔한 대화를 나눌 수 있어 좋았다고 전했다.

'상대와의 진솔한 대화!'

우리는 눈에 많이 의지하며 살아간다. 보이지 않는 세상은 어떨까? 상상할 수도 없다. 조심스레 보는 것 외의 다양한 감각을 총동원하여 살아가는 것이리라 짐작해 본다. 예전에 빛이 없는 곳에 살면 어떨까 하는 글을 쓴 적이 있다. 빛이 없는 곳에 살면 서로의 숨소리를 더 잘 듣고, 서로에게 더 집중하며 살게 될 것이라고 썼다.

삶은 많은 걸 갖출수록 더 행복할 수 있다고 여기지만 그렇지 못할 때 더욱 소중하고 더 집중하고 더 들여다보는 힘이 생기는지 모른다.

인간은 태어나면

세상이 흑백으로 보이고

처음 몇 개월은 시력이 아주 나빠

판다도 그래

3개월 동안은 듣기만 가능해

듣기만 하는 건 뭘까

집중하는 거 아닐까

집중?

온전히 믿는 누군가가

엄마는 그런 사람

당연한 말이지만 나는 엄마의 얼굴 대부분을 기억하고 있다. 등 모양과 목주름과 앞니 모양과 발과 손, 그리고 엉덩이골의 주름까지. 엄마의 구석구석을 알고 있다. 간혹 밖으로 립스틱이 삐져나왔던 입술, 서걱대던 머리카락, 잠자는 뒷모습도.

수만의 군중에 섞여 있다고 해도 느낌으로 알 수 있다.

엄마는 내가 태어나 제일 빨리 또 많이 봤던 모양이자 이미지이자 형체.

10개월을 배 속에서 한 몸으로 함께 살았던 이. 그저 좋은 사람, 그냥 좋은 사람.

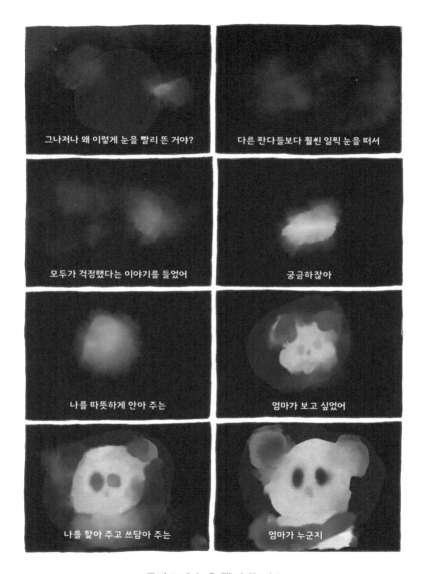

푸바오가 눈을 빨리 뜬 이유

대욕장 앞의 프리 아이스크림처럼

사진작가인 친구 채채와 교토 인근의 작은 바닷가 마을인 이네후나야를 여행했다. 숙소는 일본에 능통한 채채의 친한 친구가 추천한 호텔로 정했다. 가격은 저렴한데 시설은 수준급이면서 여행자보다 현지인이 많은 이상적인 곳이었다. 더욱이 호텔 지하에 대욕장이 있다는 점이 마음에 쏙 들었다.

사진작가와의 여행인 만큼 무거운 카메라를 들고 이네후나야 이곳 저곳을 돌아봤다. 왕복 일고여덟 시간을 기차와 버스를 탄 날이었다. 호텔로 오는 길, 나는 대욕장만 생각했다. 막상 가 보니 아담하고 귀여웠다. 채채와 나는 나란히 자리 잡았다. 비누 거품을 왕창 내 샤워를 마치고 얼른 욕장에 몸을 담갔다. 오늘 하루를 이야기하며 뜨거운 물에 피로를 녹여 내렸다.

채채와 나는 얼굴이 불그레해지고 온몸이 노곤해질 만큼 노곤해진 다음에야 탕에서 나왔다. 겨우 머리를 말리고 객실 입구로 향하는 커튼을 젖혔다.

그때 우리 눈을 사로잡은 푯말. '프리 아이스크림.'

푯말을 보자마자 "어머나! 언니, 아이스크림이 공짜래요!"라는 말이 환한 웃음과 함께 튀어나왔다. 어른이 되고 나서 이렇게 반갑고 기쁜 아이스크림이 있었던가. 앞으로도 없을 것 같다.

아이스크림 냉장고는 커튼 앞 음료 자판기 옆에 있었다. 열어 보니 종류도 제법 많았다. 딸기, 바닐라, 콜라, 초콜릿 아이스크림이 소복하게 쌓여 있었다. 아이스크림의 달콤함 때문일까 아니면 뜻밖의 선물이라서였을까, 그것도 아니라면 오랜만의 여행이라서? 전부 맞다.

욕장의 열기로 여전히 새빨간 볼을 한 우리는 조금 욕심을 부려 각자 두 가지 맛을 골랐다. 나는 딸기와 바닐라 맛을 선택했다. 까르르 웃으며 방으로 올라가는 그 순간, 소녀가 된 듯이 얼마나 신나던지. 개운해진 몸으로 푹신한 침대에 누워 먹는 아이스크림이란!

아이스크림으로 순식간에 공기가 달라졌다. 여행을 올 때 두고 오려고 했지만 결국 딸려 온 이런저런 걱정거리, 하루의 피로, 이유 모를 불안이 다 날아갔다. 그리고 행복해졌다.

"언니, 나도 대욕장 앞의 프리 아이스크림 같은 사람이 될래요."

푸바오

혼자서

매일매일 조금씩

너의 세계를 가꾸는 거야

거창하지 않아도

대단하지 않아도 괜찮아

너의 하루를 만들어 가는 거야

하루가 모여 너만의 세계가 완성될 테니까

나의 세계를 만든다는 것

든든한 코골이

아빠는 코를 크게 곤다. 엄마는 잠이 중요한 사람인데 드렁드렁 아빠의 코 고는 소리에 자꾸만 잠이 깨니 결혼 후에 이게 참 스트레스였다고 했다. 그러다 어느 날 아빠가 상갓집에 가서 엄마 혼자 자게 되었단다.

오랜만에 엄마 혼자 밤에 누워 있자니 시커먼 밤이 무서워서 작은 소리만 나도 잠겨 있는 현관문이며 창문을 다시 확인하고 확인하며 밤새 뒤척였다고.

그러다 다음 날이 되어 아빠가 왔다. 그날 밤, 고단했던 아빠는 평소보다 더 크게 드렁드렁 코를 골면서 잤다. 아빠 옆에서 잔 엄마는 어떻게 잠들었는지도 모르게 꿀잠을 잤다. 미웠던 코골이가 어찌나 반갑고 안전하다고 느껴졌던지 이후로 엄마는 아빠의 코 고는 소리가 자신을 지켜 주는 듯해서 오히려 코를 안 골면 눈이 번쩍 뜨인다고 했다.

쿵쿵

뭐 해?

엄마 냄새 난다

엄마가 왔다 갔나 봐

엄마 냄새를 맡으면 어떤데?

편안해

배꼽 끝까지

그냥 편안해

엄마 냄새 난다

별걸 다 닮는다

기질 관련 강연을 들으러 갔다. 강연자의 말에 따르면 기질은 가지고 태어나고 성격은 살아가면서 만들어진다. 아무리 성격이 괄괄하고 화끈해 보여도 기질이 소극적이면 작은 일에도 심장이 콩닥콩닥 쉬지 않고 뛸 거라고 했다. 인간은 타고난 기질 위에 성격을 덮은 채로 살아가는 존재다.

이 강연은 희망자에 한해 먼저 보내 주는 엄마와 아이에 대한 기질 검사지를 채우면 강연장에서 내 아이는 어떤 기질인지를 들을 수 있었다. 유익하겠다 싶어 검사지를 살펴보니 꽤 많은 질문이 담겨 있었다. 가령 아이가 낯선 곳에 잘 가는지, 새로운 것을 잘 시도하는지, 마음에 들지 않으면 떼를 쓰는지, 엄마와 떨어지거나 화가 날 때는 어떤 행동을 보이는지 등등.

충분히 벌어질 법한 여러 상황에서 아이가 어떻게 반응했는지를 기록하면 되었다. 이를 기초로 아이의 활동성, 긍정과 부정 정서, 조심성, 사회적 민감성, 의도적 조절의 수치를 가늠하는 듯했다. 나는 열심히 질문지를 채웠다.

딸 선이는 긍정 정서가 높고 작은 일에도 즐거워한다는 결과가 나왔다. 또 남을 기쁘게 하고 모두와도 잘 어울리지만 부정 정서가 낮아 거절이나 싫다는 표현을 하는 걸 어려워한다고. 대부분 맞는 이야기라 신기하다며 귀를 쫑긋 세우고 강의를 듣는데 강연자가 청중에게 아이의 기질은 누구를 닮는 것 같냐고 질문했다.

"아이의 기질 대부분은 부모의 DNA에서 와요. 생김새처럼 기질 또한 DNA로 결정되죠."

그 말에 곰곰 들여다보니 딸의 기질은 나와 비슷하다. 나 역시 작은 일에도 즐거워한다. 또 부정 정서가 낮아 거절이나 상대가 불편할 법한 말을 하기 전에 무척 괴롭다. 호기심이 높은 것도 나와 닮았다. 하긴 내가 낳은 아이인데 외형만 닮는 것도 말이 안 되긴 하다.

문득 딸아이가 어린이집에서 친구에게 맞고 온 날이 떠올랐다. 아이는 마중 나온 나를 가만히 보며 눈물만 뚝뚝 흘렸다. 나는 어땠던가. 단호하게 대처하지 못하고 멋쩍게 "괜찮아. 하하하" 하고 넘기고 말았다. 그때 한 번이 아니었는데. 속마음과 다르게 그냥 넘기고 만 것이 두고두고 속상했다. 집에 와서는 선이에게 다음에는 "하지 마!"라고 확실히 말하고 행동하라고 했는데 나와 같은 기질이라면 처음부터 될 리가 없던 거였다.

그날 자기 전에 아이에게 "속상했어?" 하고 물으니 딸은 엄마가 자신의 마음을 들여다봐 주고 있다는 걸 알고는 또 눈물이 고였다.

강연자는 부정 정서가 낮은 아이를 대할 때는 어떻게 해야 하는지 알려 주었다. 조금 더 세심하게 아이의 감정을 알아주고, 또 아이가 어떤 것에 속상해하는지 챙기고 그것에 공감해 주라고 했다. 내가 어렸을 때를 돌이켜보면 나 역시 엄마가 내게 고생했다고 말해 주었을 때가 참 찡했다.

별걸 다 닮는다. 부모와 자식은.

부전여전 러바오와 푸바오

다행이라는 마음

　부모님이 최고라고 생각했던 유년을 지나 머리가 굵어지면 엄마와 아빠가 예전에 내가 생각했던 것보다 모르는 게 많다는 걸 알게 된다. 나 역시 그랬다. 오히려 내 말이 더 맞는 것 같다고 여겼던 시기도 있었다. 오만했던 시절이다.

　엄마는 내가 무언가 고민할 때마다 이것저것 찾아 이렇게 저렇게 하면 어떻겠냐고 많은 조언을 해 주었다. 그럴 때마다 나는 엄마는 모른다고, 내가 알아서 한다고 핀잔을 주곤 했다. 그럼 머쓱해진 엄마는 더 이상 아무런 말도 하지 않았다.

　희한하게도 이런 말들은 뱉어도 시원하지가 않고 시간이 지날수록 선명하다. 어딘가 푹 박혔는데 찾지 못한 가시처럼 점점 아픔과 쓰라림만 차오른다. 그렇다고 지금의 내가 마음을 고쳐먹고 엄마의 조언을 다 새겨듣는 건 또 아니다. 왜 나는 이런 딸인지 모르겠지만 아직도 나는 그런 딸이다.

　이런 기분이 들 때는 예전에 세부 인근의 섬에서 본 모녀가 떠오른다. 유명하지 않은 작은 섬이라 한국인을 마주친 적이 없었는데 호텔

수영장에서 한국말이 들려 나도 모르게 고개를 돌렸다.

조금 떨어진 곳에서 젊은 여자가 나이 든 여자에게 스노클링 마스크를 씌워 주면서 어떻게 숨을 쉬는지 알려 주고 있었다.

"엄마! 아니~ 그렇게 하면 숨을 못 쉬어. 엄마 큰일 나~."

아이에게 하듯 다정한 말투였다.

"아이고, 어렵네. 그럼 어떻게 한다고?"

"엄마, 잘 봐. 나처럼 이렇게 하는 거야~. 고개만 살짝 숙여서 입으로 숨을 쉬어야 해."

말투도 상냥했지만 계속되는 질문에도 너그러웠다. 그러면서 같이 연습 잘해서 꼭 고래상어를 보자고 했다. 연신 엄마를 격려하는 딸이었다. 얼마나 애교스럽고 싹싹한지 속으로 샘이 나 친딸이 맞을까 하는 심통마저 났다.

여행을 다녀온 다음에 엄마와 통화하다 이 이야기를 했다. 엄마는 엄마 주변에 있는 딸들은 다들 싹싹하다고 했다. 이 이야기를 시작으로 우리는 또 싸우고 말았다. (왜 싸웠는지는 기억이 나지 않는다.)

찜찜하게 전화를 끊고 1시간이나 지났을까, 엄마가 다시 전화를 걸어왔다.

"싸웠는데 왜 전화해?"

톡 쏘는 내 말에 엄마가 답했다.

"원래 딸이랑 엄마는 주구장창 싸우고 그러다 사이좋게 지내고 또 싸우고 다시 사이좋게 지내는 거야."

칫, 하면서 동시에 다행이라는 마음이 든다. 엄마가 나보다는 성격이 훨씬 좋아서, 다정한 사람이라서.

나는 언제 엄마처럼 크고

높은 나무에도 올라가고

대나무도 먹고

힘이 세지고

멋있어질까?

나는 어서 어른이 되고 싶어

엄마를 닮고 싶어

이제야 보이는 아빠의 마음

선이를 데리고 친정에 갔다. 친정에 머무는 동안 선이가 어찌나 밥을 안 먹는지 너무너무 속상하고 힘들었다. 조금이라도 더 먹이려고 하는 나와 안 먹으려 하는 선이를 지켜보던 아빠가 대뜸 뻐꾸기 이야기를 꺼냈다.

"뻐꾸기는 남의 둥지에 알을 낳는 못된 새인데 그것도 모자라 새끼 뻐꾸기는 다른 새들을 밀어낸다. 어떻게 밀어내는 줄 아나? 우선 배가 터지도록 먹는다."

아빠는 남의 둥지에 자리 잡은 뻐꾸기 새끼들이 살아남기 위해 입을 쫙쫙 벌려 가며 배가 빵빵해질 때까지 어미 새가 주는 애벌레며 각종 먹이를 받아먹는다고 했다. 새끼 때는 배가 '뽈록'해질 때까지 먹어야 하는 법이라면서.

선이는 또래 아이들보다 작다. 키도 작고 몸무게도 적게 나간다. 나도 어릴 때 덩치도 작고 비실비실했던지라 아빠는 그게 육아의 큰 스트레스였다고 했다.

안 먹는 딸에게 호되게 당한 후 손녀가 태어났는데 손녀도 딸을 빼

닮아 밥을 잘 안 먹으니 아빠는 선이를 보고 있으면 자꾸 나 어릴 때
생각이 난다고 했다.

"그래도 우야든가 먹여. 그래야 크니까."

이리 말하며 한마디 더 거든다.

"애 키우는 거 힘들제?"

뭐 하고 있어?

오이와 토마토를 키우고 있어

...

잘 키워져?

잘 모르겠어, 할 게 너무 많아

잎이 안 마르나 살피고

건조하면 물도 뿌리고

생명을 키우는 일이니까

경이로운 사랑

　'아이'라는 조건을 빼고 부모만 생각했을 때, 아이를 향한 돌봄과 희생은 말이 되나 싶을 정도로 깊다. 세상에 막 태어난 생명은 걷기는커녕 누워서 용변을 보고 밥도 혼자 먹지 못한다. 그뿐일까. 매시간 깨고 먹고 자고를 반복한다. 버둥대고 우는 것만으로 자신의 모든 의사와 불편함을 표현한다. 부모가 아니라면 누가 이 전부를 기꺼이 받아 줄 수 있을까?

　오직 '부모'만이 할 수 있는 일이다. 부모라는 생명체는 아이라는 생명체에게 밥을 먹이고 온몸을 씻기고 옷을 입히고 잠자리를 살펴 준다. 자신을 잊은 채 새끼를 보살핀다. 아무것도 할 줄 모르는 생명을 천천히 자랄 수 있게 돕는다.

　매일 똑같은 듯해도 어린 생명체가 어느새 엄마와 아빠를 알아보고 웃는다. 엄마라고 불러 주고 아빠를 향해 달려와 준다. 아기는 부모의 인생 한 부분을 한 허리 잘라 그것으로 기른 생명체다. 부모의 마음을 몽땅 넣어 키운 생명체다.

　부모에게 이 힘은 어떻게 생기는 걸까.

인간은 물론이고 동물 세계의 자식 사랑도 신비하다. 칠레 늪지대에 사는 리노데르마르라는 작은 개구리의 수컷은 암컷이 낳은 알을 입에 전부 머금고 있는단다. 알이 부화하고 올챙이가 될 때까지 좋아하는 개굴개굴 노래도 잊은 채 한 번도 입을 열지 않고 지낸다고 한다. 그러다 새끼들이 떠날 때가 되면 그제야 입을 벌리는데 새끼들이 다 빠져나가면 탈진해서 죽고 만다.

부성애가 대단한 동물은 더 있다. 기온이 영하 60도까지 떨어져도 네 달 동안 자신의 발등에 알을 올려놓고는 흰 눈만 먹으며 알을 품어 내는 펭귄, 또 새끼가 태어나면 자기 몸을 암컷의 먹이로 내어 주는 거미나 사마귀를 보면 경이롭기까지 하다.

그들의 사랑을 어떻게 한마디 말로 설명할 수 있을까.

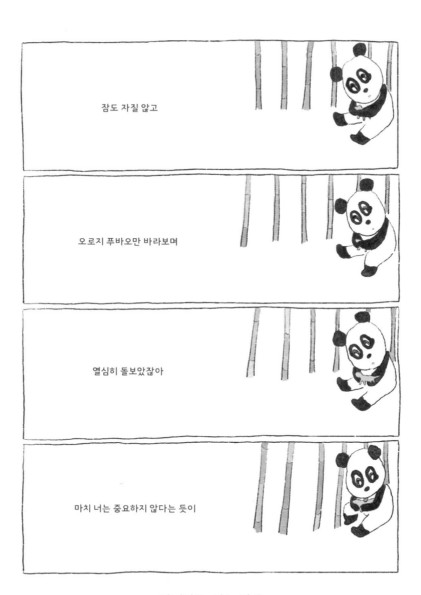

잠도 자질 않고

오로지 푸바오만 바라보며

열심히 돌보았잖아

마치 너는 중요하지 않다는 듯이

아이바오, 나는 엄마

인내는 사랑과 비례한다

'아기 판다가 태어나게 해 주세요!'

오승희 사육사는 매일 기도했다고 한다. 그 바람대로 귀여운 판다가 태어났다. 그리고 얼마 후 운명처럼 판다 월드로 발령받는다.

나이는 어리지만 야무진 오바오를 보면 처음부터 베테랑이었을 것 같지만 인터뷰를 보고 그간의 사정을 알게 되었다. 초기에 판다들과의 관계 문제로 힘든 시간을 보냈다고 한다. 러바오와의 관계 때문이었다.

러바오는 판다 월드에 사는 유일한 수컷 판다다. 처음 한국 땅을 밟았을 때는 적응 시간이 필요했지만 이젠 어엿한 터줏대감이다. 그래서인지 자기보다 늦게 판다 월드에 합류한 오바오를 받아들이고 사육사로 따르기까지는 6개월이라는 시간이 필요했다고. 러바오는 오바오가 불러도 대답하지 않고 무시하기도 했단다. 커다란 시련이었을 텐데 오바오는 이 과정에서 끈기를 배웠다고 웃으며 말했다. 강바오와 송바오도 큰 힘이 되어 주어 포기하지 않을 수 있었다고 했다.

인터뷰를 보며 끈기 이상으로 내가 얼마나 이 일을 사랑하는지 알게 된 계기였지 않았을까 했다.

판다보다 귀여우면 어떻게 해

생일 축하해

친구가 어떤 친구와 다투었는데 생일에 그 친구로부터 축하한다는 연락이 왔다고 했다. 다시는 안 볼 것처럼 으르렁댄 것 아니었냐고 물어보니 그렇단다.

친구는 왜 생일 축하한다고 연락을 한 거지 하며 대화를 이어 나갔다.

"다시 친구로 지내고 싶은 건가?"

"에이, 그건 아닐걸?"

"그런데 왜 생일 축하한다고 메시지를 보내."

그 메시지 하나를 갖고 우리는 며칠 동안이나 이야기를 나누었다. 다툰 친구에게 생일 축하 메시지를 보낸 마음에 대해서.

생일이라는 게 그렇다. 누구에게나 있고 매년 돌아오지만 특별한 날이다. 서로의 생일을 챙기는 관계는 시절 인연처럼 특정한 시기만일 수도 있다.

다시 만나지 않을 사람의 생일은 챙기지 않는다. 반대로 매년 잊지 않고 생일을 축하하며 평생을 보내는 사이도 있다. 보통은 가족일 테고 아주 가까운 몇 명의 친구이리라. 나도 그렇다. 매년 그의 생일을 챙기는 건 그들과 평생을 함께하고 싶어서다. 그 사람이 세상에 태어난 걸 진심으로 축하하고, 그 사람과 만나게 된 것을 감사하고 소중하게 여기기 때문이다.

모두에게는 평범하지만 몇 명에게는 특별한 하루를 잊지 않고자 부러 다이어리에 적고 놓고 알람을 맞추고 머리로 기억하고 축하를 건넨다. 특별한 마음이다. 하루하루가 정신없이 흘러가는 도중에도 잊지 않으려 노력한다.

친구는 어떤 친구와 아직 화해하지 않았다. 하지만 화가 많이 났던 친구는 생일 축하 메시지 하나로 마음이 많이 누그러진 듯 보였다. "생일 축하해." 이 다섯 글자에 상대에 대한 사랑과 미움과 연민과 미련과 애잔함이 다 있다.

어떻게 하지?

무엇으로 정하지?

하~

왜 그래? 무슨 일 있어?

이름이 고민이야

이번에 태어난 판다!

지금 투표 중이거든

내 한 표가 너무 소중해

행복을 주는 보물

까만 보석이 있다면 그건 푸바오의 눈

나는 왜 판다를 좋아하게 되었을까? 좋아하는 게 많은 나다. 동물이라면 강아지부터 고양이, 다람쥐, 카피바라, 쿼카 등 재미있고 흥미로우면 종을 가리지 않고 마음에 둔다. 하지만 내가 생각해도 푸바오와 바오 가족에 대한 애정은 남다른 것 같다.

왜일까? 음…. 그건 푸바오가 대나무와 댓잎을 잡는 손 모양이 귀여워서다! 저 동글한 귀와 몸이 귀여워서다. 아, 아장거리는 다리도 절대 빼놓을 수 없다. 하지만 꼭 하나를 꼽자면, 너무 어렵지만 아마도 푸바오의 눈 때문인 듯하다.

푸바오의 눈은 특별하다. 다른 판다들보다 흰자가 잘 보인다. 또 훨씬 반짝거린다. 가끔 눈이 유난히 반짝이는 배우나 가수를 발견할 때가 있는데 푸바오가 그렇다. 그런 눈을 보고 어떻게 사랑에 빠지지 않을 수가.

푸바오가 별처럼 반짝거리는 두 눈으로 대나무를 씹는 모습, 좋아하는 사육사 할부지에게 또르르 사랑이 가득한 눈빛을 보내는 모습. 그걸 보는 것만으로도 행복이 차오른다. 행복이란 이처럼 귀여운 모습이다.

　누군가의 눈을 바라보는 일은 많지 않다. 특히 그 모습을 보고 행복해지는 일은 드물다. 더욱이 우리나라에서는 상대의 눈을 빤히 바라보는 건 예의에 어긋난 행동으로 여겨질 수 있어 무척 조심스럽다.

　그래서 푸바오의 긴 눈 마주침이 더욱 귀하고 고맙다.

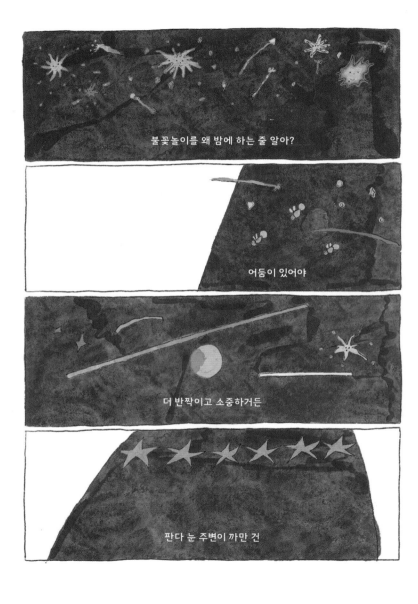

어둠 안의 보석

인연은 어디서 시작될까

엄마는 친구 집에 놀러 갔다가, 아빠도 친구 집에 놀러 갔다가. 두 사람의 인연은 그렇게 시작되었다. 엄마와 아빠의 친구가 같은 사람은 아니고 엄마 친구의 집과 아빠 친구의 집이 옆옆방이었다. 그곳은 하숙 생들이 모여 사는 집이었단다. 'ㅁ자'로 빙 둘러 여러 방이 있었고, 중간 에는 수돗가가 있었다고 했다.

지금은 잘 볼 수 없는 구조지만 부모님 말에 따르면 예전에는 그런 모양으로 지어진 집들이 꽤 있었던 듯하다. 하숙생들은 수돗가에서 쌀 을 씻어 각자의 방에 들어와서는 곤로에 냄비를 올려 밥을 지어 먹었다 고 했다.

그리고 여러 하숙생 가운데 유독 부끄러움이 많았던 남학생이 있었 다. 아빠 친구인 만복이 아저씨. 아저씨는 수돗가에 한 명이라도 사 람이 있으면 밖으로 나오지 않았다. 덕분에 만복이 아저씨네 방문은 하루에도 수십 번 빼꼼 열리고 닫히기를 반복했다.

당시는 배달은커녕 변변한 식당도 드물었다. 게다가 주머니 사정도 빠했기에 밥을 직접 해 먹어야 했는데 쌀을 씻는 수돗가는 같은 사정의

학생들로 늘 만원이었다. 만복이 아저씨는 수시로 문을 열고 수돗가 상황을 확인해야 했다. 사람이 없는 틈을 타서 재빨리 바가지를 들고 와서는 쌀을 씻다가도 사람이 다가오는 소리가 들리면 바가지만 두고 몸만 방으로 줄행랑을 칠 만큼 숙맥이었다.

그리고 그런 만복이 아저씨를 귀여워하는 사람이 있었다. 문 뒤에 숨은 아저씨의 방문을 세게 두드리며 "쌀 안 씻어요?" 하며 짓궂게 놀리기도 하고, 아저씨가 두고 도망간 쌀 바가지를 들고 와서는 "바가지 가져가세요" 하고는 만복이 아저씨가 나올 때까지 서 있기도 했단다. 그 사람이 엄마 친구였다.

사교성이 좋은 엄마 친구는 쌀 바가지 외에도 이것 좀 알려 달라, 뭐 좀 먹어 보라며 만복이 아저씨 방문을 열심히 두드렸다. 엄마 친구가 방문을 두드릴 때마다 늘 얼굴이 새빨개진 채로 도망을 다니던 만복이 아저씨. 두 사람은 결국 연인이 되었다.

두 사람은 결혼했고 지금도 사이좋은 부부다. 아직도 만복이 아저씨는 쑥스러움이 많아 볼이 잘 빨개지는데 아저씨의 말수를 아주머니가 다 메워 준다.

엄마는 아빠와

여섯 번째 만났을 때

나를 가질 수

있었다고 했잖아

인생도 인연도

우리에겐 여섯 번의 기회가

있는 것 아닐까?

보통 한 번만 보고

우리에게 주어진 여섯 번의 기회

마음만 통하면

즐겨 보는 유튜브 중에 시골에 사는 외국 여성이 운영하는 채널이 있다. 여성은 어느 날 야생 다람쥐들의 방문을 받는다. 뜻밖의 손님을 맞았지만 그녀는 신선한 물과 함께 과일이며 견과류를 정성껏 대접한다. 처음에는 짧은 만남이었으나 점점 신뢰를 쌓아 나가는 그들. 조금씩 머무는 시간도 길어지고 자연스럽게 물리적인 접촉도 이루어진다. 그 과정이 한 편의 동화 같았다.

그리고… 다람쥐들 중 하나가 임신해서 통통해진 배로 여성을 찾아온다. 한참을 여성 앞을 오가던 다람쥐는 여성이 손으로 자신의 머리를 쓰다듬어도 또 몸을 만져도 가만히 있었다.

'이게 가능하다고?' 나는 깜짝 놀랐다. 다람쥐는 도토리라는 매력적인 물질이 아니라 사람의 손길을 바랐던 거다. 인간과 다람쥐가 마음을 나눌 수 있다는 점이 비현실적으로 느껴졌다. 임신 기간에는 동물들도 매우 예민해진다고 알고 있어 더 그랬다.

그로부터 얼마 후에 푸바오의 탄생을 마주하면서 아이바오와 강바오의 관계에 저절로 시선이 갔다. 아이바오와 강바오는 서로를 깊이 신뢰한다. 알고 있으면서도 이게 가능한 일인가 생각할 때가 한두 번이 아니었다. 보면 볼수록 신비했다.

귀여운 외모에 충분히 속을 수 있지만 알고 보면 판다는 맹수다. 대나무를 먹어 초식동물로 여길 수도 있지만 날카로운 이를 가진 잡식성이다. 몸무게와 키는 성인을 훌쩍 뛰어넘는다. 그러나 아이바오는 출산 후에 사육사들이 새끼를 데려갈 때도 그들을 믿고 기다려 주었다. 강바오가 떠다 주는 물도 잘 마셨다. 아이바오는 어떻게 마음을 열게 된 걸까? 사육사들을 향한 신뢰 이상의 무엇이 있지 않았을까.

영상 속 다람쥐는 새끼를 낳고도 여전히 여성의 집을 방문했다. 그뿐 아니라 여성을 아기 다람쥐가 있는 굴 앞으로 데리고 갔다.

인간과 동물은 정말로, 정말로 마음으로 통할 수 있는 사이다.

아이바오!

아이를 낳았을 때 어땠어?

엄마 생각이 났어

엄마가 늘 나에게 해 주던 말들도

어떤 말인데?

아이바오~

아이바오는 잘 해낼 거야

나는 잘 해낼 수 있다고 한 말

너는 잘 해낼 거야

꿈을 꾸기 위해서는

현대 그룹의 창업주인 고 정주영 회장의 유명한 인터뷰가 있다. 기자가 사업을 성공시킨 이유가 하루에 네 시간만 자서라고 말했던 게 맞냐고 물으니 정주영 회장은 "나는 기운이 센 사람이지만 하루에 일고여덟 시간을 안 자면 일을 못 해요"라고 답했다. 끝이 아니다. 인터뷰가 끝나고 헤어질 때 다시 그를 불러 기자의 귀에 대고 이렇게 말했다고 한다.

"나는 조금만 자고 일한다는 놈이 있으면 그놈은 분명 병자 아니면 사기꾼이야. 그런 놈하고 장사하면 큰일 나."

예전에는 어른들이 인사 대신 밥은 먹고 다니냐고 묻는 말에 왜 만날 밥 먹었는지를 묻지 하고 의아하게 여겼다. 엄마만 해도 전화할 때마다 내가 오늘 밥은 먹었는지, 뭘 먹었는지 궁금해한다. 그게 왜 궁금한지 어린 시절에는 몰랐다.

지금의 나는 어린 나이도 아니고 그렇다고 많은 나이도 아니다. 애매한 조언을 하기도 받기도 좋을 나이라고 할까? 이제야 잘 먹고 잘 자는 게 최고의 삶이라는 생각을 한다. 그리고 이를 위해서는 굉장한 조건이 필요하다. 잘 먹고 잘 자기 위해서는 당장에 닥친 큰 고민이나 시련이 없어야 하기 때문이다. 혹은 그런 일이 있어도 담대한 마음이 있어야 한다.

걱정이나 불안이 찾아올 때면 나 역시도 제일 기본적인 것에서부터 영향을 받는다. 마감 압박을 느끼면 평소에는 눕는 동시에 잠드는 내가 밤새 몇 번이나 깬다. 몸이 아프면 식욕부터 떨어진다. 그렇게 되면 다음 날이 문제다. 깨어 있지만 깨어 있지 못하는 하루를 보내야 한다.

잘 살기 위해서는 무조건 잘 먹고 잘 자야 한다. 밥도 든든히 먹고, 배도 부르고, 잠도 늘어지게 자야 그다음에 꿈을 꿀 수 있다.

잘 먹고

잘 자는 게 중요해

잘 먹어야 건강한 몸을 갖고

잘 자야 내일을 꿈꿀 수 있는 법

잘 먹지 않으면 금방 시들고

잘 자지 않으면 자칫

꿈을 잃어버리니까

잘 먹고 잘 자는 게 잘 사는 거래

꿈을 잃어버리지 않는 법

엄마, 나는 자라고 있어요

두루두루 나쁘지 않게

　세상 모든 사람과 되도록 잘 지내려고 하는 사람이 있다. 나도 한 사람 알고 있다. 우리 아빠다. 얼마 전, 가족들과 시골집에 가는데 '그 아저씨'와 딱 마주쳤다. 그 아저씨라고 썼지만 이름도 알고, 봐 온 지도 꽤 되었다. 주기적으로 집에 찾아와 우리 땅을 자기네 땅과 바꾸자고 우리를 지독히도 괴롭혔던 사람이다.

　예전에도 나는 아빠에게 크게 한마디 하라고 했는데 무슨 생각인지 아빠는 우리는 이 지역 토박이가 아니니까 괜히 나서서 분란을 만들 수 없다고 답했다.

　그 아저씨는 또 우리 시골집 주변에 있는 큰 창고 하나를 무단으로 사용하더니 창고가 잘못 지어졌다며 아빠를 협박했다. 그 아저씨는 김천 토박이에 건축을 전공했다. 반면에 아빠는 건축에 대해 잘 모른다. 창고도 시골집 주변에 경매로 나온 걸 산 건데 법을 들먹이며 창고를 부수라고, 아니면 신고하겠다고 끈질기게 연락했다. 결국 아빠는 창고와 주변 땅을 그 아저씨가 원하는 헐값에 주다시피 팔았다. 하지만 불법이라던 창고는 부수기는커녕 어디 하나 고치지 않고 그대로 사용되고 있다.

그 아저씨에게 인사를 건네는 아빠가 답답해 따졌다.

"토박이가 아니면 다 그렇게 살아야 하는 거예요?"

"원래 촌이면 다 그런 거라. 어쩔 수 없다."

아빠가 순해 보여도 오래 사업을 했고 절대 호락호락한 사람이 아니다. 거칠 때도 있고 대범한 경상도 사내다. 내가 아빠였다면 지금 무슨 소리를 하냐며 법대로 하라고 큰소리를 쳐 두 번 다시 얼씬도 못 하게 할 듯한데 아빠의 사는 방식은 나와 다르다.

아빠는 '그 아저씨'와 또 인사했다. 아빠에게 재차 물었다.

"저 아저씨에게 왜 인사하는 거예요? 도대체 왜?"

내 말에 아빠는 도리어 반문한다. "인사 안 하면 우짤 껀데? 뭐가 달라지드나?" 그러고는 껄껄 웃는다. 같은 마을에 살기 때문이란다. 창고와 땅은 우리에겐 꼭 필요한 게 아니었으니 되도록 좋게 생각하는 거라고 했다. 길게 보면 더 좋은 거라면서.

나무를 터전으로 삼은 새나 곤충은 나무를 아프게 하지도 또 병들게 하지도 않는다. 그럼 아빠는 자신의 터전과 그곳에 사는 사람들과의 관계를 더 중요하다고 생각하는 걸까?

아빠가 내게 말했다.

"그냥 그렇게 사는 거야. 두루두루 나쁘지 않게."

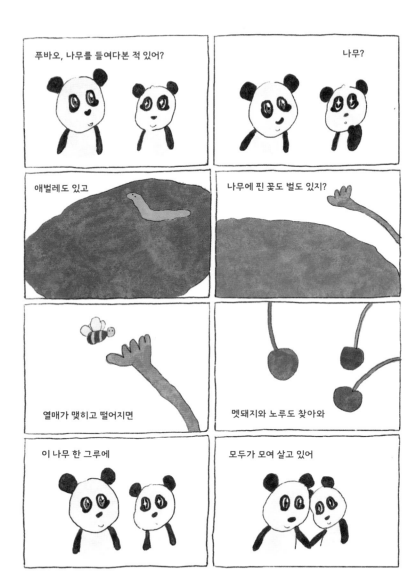

모두가 모여 사는 세상이야

통, 통, 통

아빠에게 배운 게 참 많지만 물수제비를 빼놓을 수 없다. 시골집 앞이 냇가라 어렸을 때 거기서 수영도 많이 하고 다슬기도 여러 번 잡았다. 물에 들어가지 않을 때는 아빠와 함께 집에서 조금 올라가면 있는 둑으로 걸어가서는 물수제비를 하고 놀았다.

키도 크고 덩치도 좋은 아빠는 팔도 길고 힘도 셌다. 그만큼 물수제비를 잘했다. 아빠가 돌을 던지면 돌이 물 위를 탁탁 부딪히며 앞으로 나갔다. 어떨 때는 마법 같기도 했다.

멀리까지 돌이 날아가면 아빠도 싱글벙글 기분 좋은 표정을 지었다. 홈런을 친 야구선수의 표정이랄까?

물수제비 비법을 묻는 내게 아빠는 전체적으로 동그스름한데 납작한 모양의 돌을 고르라고 했다. 그 말에 나는 물수제비를 하러 갈 때면 늘 돌을 뒤집으면서 납작한 돌을 찾았다. 돌을 뒤집으면 이따금 돌 뒤에 다슬기나 작은 벌레가 붙어 있었던 기억도 난다.

쓸 만한 돌을 가득 모은 다음 아빠처럼 힘주어 던졌다. 당연히 내가 던진 돌들은 대부분 던지자마자 퐁당 물속으로 금방 가라앉았다.

그러면 아빠는 집게손가락과 엄지손가락으로 돌멩이 옆면을 감싸듯 쥐라고 했다. 그다음 던질 때는 최대한 팔을 빠르게 확 펴야 한다며 상세하게 알려 주었다. 그래도 어렵기만 했다.

　　잘 하지도 못했던 물수제비가 왜 이리도 좋은 기억일까? 돌이켜 생각하니 돌이 통, 통, 통 튕겨 나갈 때마다 아빠의 표정도 점, 점, 점 밝아졌던 기억 때문이다.

　　눈을 감는다. 스톱 모션처럼 환하게 밝아지던 아빠의 표정과 그 옆에 있던 꼬마 시절의 내가 그려진다. 윤슬만큼 빛났던 우리.

처음으로 바깥 세상에 나왔어

흙과 풀을 밟아 본 적이 없었거든

뾰족뾰족한 풀이 무서웠어

그때 엄마가 마중을 왔어

이곳은 안전하다고 이야기해 주었지

나를 번쩍 들고 세상을 보여 주었어

이렇게 멋진 세상이라고

이제 엄마와 함께하자고

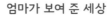

엄마가 보여 준 세상

시작을 두드리며

좋아하는 그림 작가님의 강연 소식이 들려왔다. 그날이 오길 손꼽아 기다렸다 들으러 갔다.

강연에서 알게 된 작가님의 이야기는 놀라웠다. 대단한 상도 여러 번 받았고, 근사한 작품도 많이 만들어서 처음부터 승승장구한 줄 알았는데 초기엔 전혀 그렇지 않았다고 했다.

작가님이 말하길 아무도 먼저 자신에게 책을 만들자고 한 적이 없단다. 하지만 책이 너무 내고 싶었던 작가님은 골똘히 궁리하다 포트폴리오를 들고 해외에서 열린 페어로 향했다. 그리고 페어에서 모든 부스를 돌며 그동안 작업한 그림을 보여 주었다. 무수히 많은 시도를 했지만 연락이 온 곳은 단 한 곳이었다. 그곳과 계약해서 만든 책이 작가님의 첫 번째 책이었다고 말해 주었다. 여러 번의 실패 끝에 찾아온 시작이었다. 평탄하기만 했을 것 같던 작가님 인생에 그런 어려움이 있었구나 싶어 놀라웠다.

예전에 대화를 나눌 기회가 있던 회사의 대표님도 생각났다. 고급 마루를 취급하는 회사의 대표로 있는 이였다. 회사를 훌륭하게 키운

비결을 물으니 집마다 대문을 두드리며 마루를 소개했다고 답했다. 번번이 거절당했지만 어떤 집에서 시공을 결정하면서 점점 입소문이 났고, 지금은 대한민국 대표 마루집이 되었다고 말이다.

　　모든 시작이 그렇지 않을까. 두드려 보고 또 두드려 보고. 중요한 건 두드려야 시작할 수 있다는 점이다.

괜찮아

엊그제도, 며칠 전에도 떨어졌잖아

무섭지 않아?

무섭지~ 하지만 또 올라갈 거야

포기하지 않을 거야

나에 대해 진심으로 고민한 적이 있는지

예전에 입시 미술학원에서 강사로 일했다. 덕분에 여러 학생과 다양한 주제로 대화할 기회가 있었다.

모두 미술 대학 지망을 바라며 모인 아이들이었다. 그런데 아이러니하게도 내가 무엇이 되고 싶은지 또 내가 정말 미술을 좋아하는지 잘모르는 학생이 많았다.

"내가 정말 좋아하는 게 무엇인지 고민해 본 적 있니?"

원장 선생님이 들으면 싫어했겠지만 나는 아이들에게 자신이 하고싶은 게 무엇인지 찾는 일이 무척 중요하다고 여러 차례 말했다. 살다보면 대학은 그리 대단치 않다고 말이다. 친구를 만나고 인맥을 만들고교류를 배우고 실력을 키우는 장소니 중요한 게 맞지만 어디까지나 나에게 도움을 주는 보조 수단이지 결국 내가 바라고 또 하고 싶은 일을하는 게 훨씬 중요하다고 진심을 다해 전했다.

이 질문을 여러 명에게 던졌는데 기억에 남는 답을 한 아이가 있다.그 학생은 청소가 세상에서 제일 좋다고 했다. 자신은 그림을 그리지만몸에 물감이 묻거나 튀는 게 싫다면서. 그 말을 듣고 나는 그럼 깨끗하게 청소하고 정리 정돈하는 법을 메모하면 좋겠다고 했다. 키보드는 어떻게 청소해야 하는지, 샴푸질은 어떻게 해야 하는지 등. 사소해 보여도 이런 것들을 최대한 꼼꼼히 적고 정리하고 모아 보라고.

그 아이가 청소든 무엇이든 내가 최고라는 자부심을 가지는 사람이 되었으면 하고 바랐다. 그러다 보면 누군가 나를 필요로 할 것이고 쓰임이 되는 사람이 될 수 있을 테니까. 요즘 청소하는 팁을 알려 주는 유튜버나 깔끔하게 정리된 인스타그램을 보고 있노라면 그 아이는 지금 무엇을 하고 있을까, 어쩌면 내가 챙겨 보는 영상 속 누군가는 아닐까 싶을 때가 있다.

또 한 아이는 음악을 좋아하는데 엄마가 음악은 절대로 안 된다고 반대해서 미술을 배운다고 했다. 같은 예술계지만 음악과 미술은 너무나 다르다. 그래도 같은 예술계인데? 실은 나 또한 선뜻 이해가 가지 않았다. 부모의 반대를 꺾고 미술을 시작하는 아이들도 있지만 반대로 부모의 강요에 의해 붓을 잡기도 한다. 나도 몇 명을 만났는데 그때마다 부모님과 진지하게 상의하라고 했다. 내가 하고 싶은 일을 하기 위해 때로는 설득과 증명이 필요하다고 말이다.

또 어릴 때 부모님이 그림 그리는 걸 반대해서 대기업에서 엔지니어로 일하다 친구가 교통사고로 하루아침에 하늘나라로 떠나는 걸 보고 곧장 회사를 그만두고 미술 학원에 온 사람이 있었다. 20대 후반이라

당시의 나보다 나이가 많았는데 미술 교육을 제대로 받은 적 없어서 아주 기초부터 배워야 했지만 어찌나 즐거워하던지. 역시 사람은 좋아하는 일을 해야 한다고 느꼈다.

모두가 자신이 좋아하는 것을 찾는 사람이 되면 좋겠다. 어떤 것이든 괜찮다. 나는 바느질이 좋아, 나는 외우는 일이 좋아, 나는 식물 가꾸기가 좋아, 나는 누워서 친구랑 수다 떠는 게 좋아. 무슨 일이든 자신이 포장하고 가꾸는 만큼 윤이 난다고 생각한다.

나, 나를 알아 가는 거야

다시 스케일링을 예약하는 날

오래 미뤄 왔던 치과에 갔다. 여러 치과를 후보에 올리고 열심히 후기를 읽다가 한 치과 후기에 많은 사람이 친절하다고 써 두어서 용기를 내 가기로 했다. 방문 목적은 문제가 있는 치아 하나를 치료하는 것과 스케일링이었다. 후기처럼 접수 직원도 의사도 친절했지만 최고는 스케일링 선생님이었다.

"따꼼~ 따꼼~ 합니다~."

"오구구! 피가 좀 나와요~."

"이제 위쪽을 합니당~. 살짝 불편할 수 있어용~."

"아이구, 잘 참으시네요."

"지금 너무 잘하고 있어용~."

"참 잘하셨어용~."

칭찬 스티커에 있을 법한 말을 들으며 끝난 스케일링. 다정한 말에 나 역시 "넹~. 감사합니당~" 답했다. 왠지 모르겠지만 나를 아이처럼 대해 주는 데 마음이 편안해졌다. 왜 몇 년째 다니고 있다는 사람이 많은지 알 듯했다. 아이가 되고 싶은 날, 다시 예약해야지.

어른이 되면

엄마의 잔소리

　　우리 엄마는 엄청난 잔소리꾼이다. 엄마 손을 덜어 준다고 설거지는 내가 하겠다고 부엌에 있으면 옆에 와서는 이건 이렇게 닦아야지 말하고, 설거지를 다 하고는 싱크대도 닦으라고 말한다. 양말 하나도 다 펴서 벗어 놓으라고 하고, 먹을 때도 반찬을 뒤적거리지 마라, 처음 본 사람에게도 먼저 인사해라, 다림질이 필요한 옷은 탁탁 털어 널어라, 뭐든 아껴 쓰라고 잔소리한다.

　　엄마가 같은 말을 여러 번 반복하면 그만 좀 이야기하라는 말도 나오고, 나도 다 안다면서 톡 쏘아붙이기도 한다.

　　어떻게 엄마는 지치지도 않을까? 나에게 무안을 당해도 그때뿐, 돌아서면 똑같은 말을 한다. 아이를 낳아 보니 엄마처럼 잔소리하게 된다. "흘리지 않게 손을 받치고 먹어야지", "장난감 다 가지고 놀았으면 제자리에 놓아야지", "단 주스는 몸에 나빠", "친구와 사이좋게 놀아야지" 같은 말들.

　　지나 보니 깨달았다. 나도 엄마가 되니 알았다. 나는 엄마가 이렇게 저렇게 말해 준 것들로 이루어진 사람이라는 걸 말이다.

너무 사랑해서 그래

좋은 건 오래 두면 안 돼

"마늘이 엄청 통통하고 동그랗네?"

엄마가 된장찌개를 끓인다고 베란다에 둔 통마늘을 가져오라고 했다. 축 늘어진 양파망에 통마늘이 한가득 들어 있었다. 그중 아무것이나 손에 집히는 걸 가져와 껍질을 깠다. 곧이어 뽀얀 속살이 보였다.

"어머나! 마늘이 어찌 이리 통통하고 동그래?"

"햇마늘이라서 그래."

엄마 말에 따르면 마늘도 시간이 지나면 수분이 빠져서 처음에는 통통하고 동그랬던 마늘이 주름이 지며 줄어든단다.

"그러니 좋은 건 오래 두면 안 돼."

엄마가 끓여 준 된장찌개를 먹고 서울로 왔다.

가끔 엄마에게 사랑한다고 말하려다가도 입이 안 떨어져서 괜히 쑥스러워서 숨기고야 만다. 며칠이 지나면, 아니 몇 시간만 지나도 입술 끝까지 나왔던 말이 사그라들었던 게 떠올랐다. '그래, 좋은 건 오래 두면 안 돼.'

당연하지만 잊고 사는 것

심사장의 조언

혼 한 번 안 나고 자란 사람이 어디 있겠냐만 나는 정말 많이 혼나며 자랐다. 특히나 아빠는 훈육할 때 호랑이 저리 가라 할 정도로 엄했다. 나의 마음 한 곳에는 아빠에 대한 미움이 박혀 있었나 보다.

서른이 훌쩍 넘은 어느 날, 아빠와 다투고 화가 잔뜩 난 나는 예전 일을 끄집어내서는 얼른 그것부터 사과하라고 했다.

"그때 나를 때린 것, 무섭게 혼낸 것 다 사과하세요."

아빠는 대답이 없었다. 아빠의 침묵에 나는 왜 사과를 안 하냐며 꽥 소리를 지르고 엉엉 울면서 서울로 올라왔다.

그날 밤 아빠에게서 문자가 왔다.

"미안하다. 그때 나도 너를 잘 키우려고 그랬던 거야."

나중에 엄마가 이야기해 주었다. 아빠 지인 중 자식들을 다 서울대에 보낸 심사장이라는 분이 있는데 그 아저씨가 아빠에게 애들은 무섭게 키워야 한다고 했단다. 기를 팍 죽여 놔야 부모를 잘 따른다면서. 나는 공부에는 관심 없던 아이였고, 그런 훈육은 상처만 남겼다.

아빠와 엄마는 상처만 준 것 같다고 지금은 후회한다고 했다.

네가 나무에
올라가려 할 때

네가 다칠까 봐 엄마도 깜짝 놀랐어

아직 높은 곳에 올라가는 건 위험해

하지만 조금씩 해 보는 거야

1 2 3

처음부터 높은
곳에 올라가면

다칠 수도 있어

한 단계 한 단계

우리 천천히 올라가자

자꾸 혼내서 미안해

모두가 다른 하루의 시작

나는 소위 말하는 아침형 인간으로 평생을 살았다. 컨디션에 문제가 없으면 4시 언저리에 일어나 하루를 시작한다.

언젠가 나의 기상 시간을 말하니 친구가 자기는 새벽 4시까지 작업을 할 수는 있어도 4시에 일어나지는 못한다며 대단하다고 치켜세웠다. 내 눈에는 새벽 내내 일하는 친구가 훨씬 더 대단해 보이는데.

내 친구 순영이는 여름에 잠을 많이 잔다. 오히려 겨울에는 아침 일찍 일어난다. 그래서 겨울이면 순영이가 태권도를 다녀오는 아침 6시쯤에 이런저런 메시지를 주고받는데 여름이 오면 잠이 많아져 점점 연락이 뜸해진다.

"자괴감 들어. 게을러진 것 같고."

그런 순영이에게 인터넷에서 찾은 여름잠 자는 동물 목록을 보냈다. 추운 겨울만이 아니라 더운 여름에도 동물들은 긴 잠을 잔다. 여름잠을 자는 동물에는 달팽이, 악어, 까나리(생선), 쥐여우원숭이, 박쥐 등이 있다. 나는 순영이에게 '나는 까나리'라고 생각하라고 말했다.

"순영이는 여름에 잠을 자는 한류성 어종이야. 반짝반짝 예쁘니 은색 까나리."

순영이는 그렇게 태어난 거다. 미라클 모닝이라는 말도 있고, 성공하려면 일찍 일어나야 한다고도 하지만 부지런히 사는 건 나의 패턴 안에서면 족하지 않을까? 동물도 여름잠 자는 동물, 겨울잠 자는 동물, 낮에 활동하는 동물, 밤에 활동하는 동물, 매일 사냥하며 살아가는 동물, 한 끼에 며칠 식사를 몰아서 하는 동물 등 다양하다. 누구나 하루 24시간을 살지만 삶의 패턴은 얼마나 다채로운가.

나는 자신이 자고 싶을 때 자고 집중하고 싶을 때 집중하는 게 옳다고 믿는다. 그 시간을 적극적으로 찾아야겠지만.

가지각새

처음을 견딘 우리

선이를 키우다 보면 처음 하는 것들은 보통 힘으로 되는 게 아니구나 하고 많이 느낀다. 세상에 태어난 갓난아이가 처음 하는 시도는 손 빨기다. 엄마 젖이나 우유를 먹는 건 본능이다. 손을 빠는 건 단숨에 되지 않는다.

처음에는 자기 손을 유심히 본다. 몇 날 며칠을 지루하지도 않은지 작은 주먹을 쥐었다 폈다 하며 본다. 이게 손인지도 자신의 몸에 붙어 있는 기관이라는 사실도 모르는 게 아닐까 싶지만 저리도 빤히 바라보는 거면 아는 것 같기도 하다. 눈만 반짝이다가 어느새 손을 흔들고 그 손을 입에 가까이 댄다. 그리고 드디어 손을 빨기 시작한다. 처음에는 주먹을 쥔 채로 입에 넣으려고 한다. 작은 입에 들어갈 리가 없다. 그래도 주먹째로 빨다 나중에는 엄지손가락을 찾아 빨기 시작한다.

그러다 뒤집기를 연습한다. 이리저리 옆으로 돌아누우며 낑낑댄다. 얼마나 애쓰는지 평소 음식을 게우지 않았던 선이가 뒤집기를 시도할 때는 꽤 여러 번 토했다. 토할 정도로 연습하다니! 선이는 얼굴이 시뻘게질 만큼 배에 힘을 주었다. 다리와 발가락에는 힘이 잔뜩 들어갔다.

그렇게 온 힘을 다해 처음 자기 몸을 뒤집었는데 또 문제가 생겼다. 팔이 배에 깔려 빠지질 않는 거다. 선이는 엉엉 울었다. 하지만 포기하지 않았다. 팔이 빠지질 않아 다리를 천장으로 들어 전갈 같은 모양이 되기도 했다.

선이는 꽤 오래 팔을 빼는 연습을 한 다음에야 팔과 다리를 버둥거리며 완벽히 뒤집기에 성공했다. 그리고 이제 원래 자리로 돌아오는 걸 연습했다. 기고, 안고, 잡고, 서고. 그런 관문을 차례로 넘으니 선이가 걷기 시작했다. 그러자 터질 듯 통통했던 다리 살이 왕창 빠졌다. 선이 다리가 코끼리 다리처럼 생겨서 나는 우찌 이리 귀엽냐고 조물락거렸는데 걷고부터 얇아진 다리를 보니 보통 애쓴 게 아니구나 싶어 코끝이 찡해졌다. 선이가 자라고 있구나!

어른이 된 모두는 이 과정을 꿋꿋하게 견디고 이겨 낸 사람들이다. 토할 만큼 열심히 한 끈기, 살이 쏙 빠질 정도의 열정은 아기 시절에 전부 배우고 익힌 것들인지도 모른다.

나 어제 처음으로 걸었어

우아! 정말?

엄마가 저~어기 있는 거야

엄마한테 가까이 가고 싶은데

그런 마음을 먹으니까

힘이 확 나더라고

갑자기 힘이 생긴 거야?

신기하다!

나도 모르는 힘

하나 둘 셋, 러브

"전부 류정훈 사진작가님이 찍으신 거예요."

원고를 쓸 때 참고하라며 보내 준 바오 패밀리 사진. 눈이 동그래져 사진을 보는데 편집자가 사진작가의 이름을 말해 주었다. 당장 인터넷에서 이름을 검색해 봤다. 2023년《타임》이 뽑은 전 세계인에게 감동을 준 사진 100장에 뽑히기도 했단다.

'이런 대단한 분을 왜 여태 몰랐을까?'

내가 본 바오 패밀리 사진만 해도 수천 장은 될 텐데 한 번도 생각하지 못했다. 바오 패밀리의 팬이 아니더라도 강바오는 알 것이다. 조금 더 관심이 있다면 송바오와 오바오까지 익숙할 것이다. 또 판다 월드에는 바오 가족의 건강을 살뜰하게 돌봐주는 수의사들과 다른 사육사들도 있다. 왜냐하면 사진과 영상에서 만날 수 있으니까.

하지만 단 한 명, 사진작가의 모습은 등장하지 않는다. 그는 바오 패밀리를 찍고, 바오 패밀리를 돌보는 사육사를 찍고 있어야 하니까. 조용히 카메라에 담는다.

세상은 이런 사람들로 채워진다. 잘 드러나진 않아도 묵묵히 자기 일을 하는 사람들. 단번에 눈에 띄지 않아도 언젠가 드러나게 된다. 그가 얼마나 판다들을 아끼는지가. 류정훈 작가가 애정을 담아 찍지 않았다면 나올 수 없는 사진들이다.

　나는 남편과 선이가 떠오른다. 남편은 사진을 잘 못 찍어 내가 사진을 전담하는데 희한하게도 선이 사진은 예쁘다. 사랑은 숨길 수 없어서일까? 애정이 묻어 있는 사진임을 한눈에 알 수 있다. 류정훈 작가가 찍은 사진처럼.

　사진 찍는 이의 애정과 완벽한 피사체의 만남이라니! 아름답지 않을 수가.

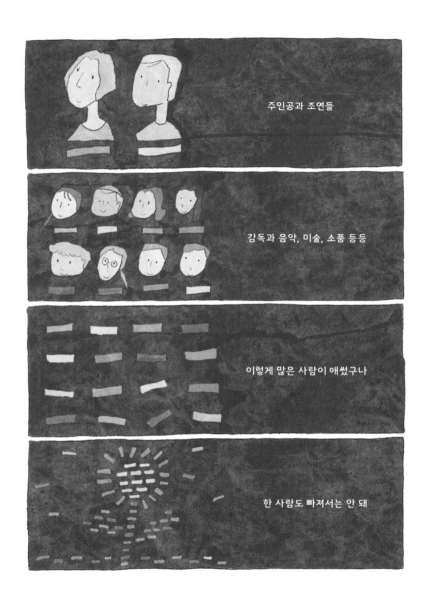

주인공과 조연들

감독과 음악, 미술, 소품 등등

이렇게 많은 사람이 애썼구나

한 사람도 빠져서는 안 돼

상영관 불이 켜질 때까지

20년이 더 되어도

김천에 가면 엄마와 종종 카페에 간다. 이번에 간 카페는 모녀가 운영한다고 해서 찾아간 곳이었다. 우리는 미숫가루 셰이크와 가게의 대표 메뉴라는 크림이 올라간 커피를 주문했다. 이른 시간이라 가게 안은 한산했다. 좋은 자리를 골라 앉아 있으니 곧 주문한 음료가 완성되었다.

살짝 목이 말랐던 터라 미숫가루 셰이크를 꿀꺽꿀꺽 마시는데, 세상에나! 외할머니가 해 준 미숫가루와 똑같은 맛이 아닌가?

"엄마, 얼른 이거 먹어 봐. 먹으면 진짜 깜짝 놀란다."

나의 호들갑에 엄마도 한 모금 먹자마자 나와 똑같은 반응.

"와! 외할매가 해 준 거랑 똑같네? 우째 이러지?"

"진짜 똑같아. 외할머니는 넙대대한 쇠그릇을 얼음같이 차게 만들어서 우리 줬는데."

"니 쇠그릇을 기억하네."

"그럼, 다 기억나지."

외할머니의 미숫가루에서는 오만 곡식의 향이 났다. 고소하고 달콤한데 꿀꺽 넘기면 약간 까슬한 것들이 목구멍에 붙는다. 그렇지만 불쾌

하지 않다. 그 맛을 잊지 못해 여러 번 마트와 방앗간에서 미숫가루를 사 봤지만 어떤 것도 그 맛이 아니었다.

"20년도 더 된 것 같은데 외할머니 미숫가루 맛이 우째 이리 선명하지?"

"묵자마자 바로 기억이 나네."

우리 모녀는 미숫가루 한 잔을 두고 한참을 외할머니 이야기를 나누었다. 나를 태어나게 해 준 엄마와 엄마를 태어나게 해 준 엄마의 엄마. 내 친구나 엄마의 지인이 아닌 우리 둘 다 오래 알고 있는 누군가와의 추억을 이야기하는 건 오랜만이었다. 그래서인지 미숫가루가 더 곱고 달큰했다.

엄마가 있었으면

우리 푸바오 정말 예뻐했을 텐데

자꾸만 그런 생각이 들어

나도 엄마가 보고 싶은 날이네

엄마의 엄마

나비질

"할머니, 뭐 해요?"

"할매 지금 나비질한다."

할머니네 가는 시기가 잘 맞으면 할머니가 선풍기 앞에서 키에 곡식을 담아서는 쭉정이를 날리는 모습을 볼 수 있었다.

할머니는 그걸 나비질이라고 불렀다. 양손으로 키 끝을 잡고는 살짝 씩 리듬감 있게 사뿐사뿐 움직이는 게 나비가 연상되어 그렇게 부르나 보다 여겼다.

들깨, 참깨, 쌀, 콩 등 할머니는 다양한 곡식으로 나비질을 했다. 그 중 들깨가 가장 기억에 남는다. 들깨를 수확하는 날은 마당에 고소한 들깨 냄새가 가득했던 탓이다.

흔한 들깨지만 과정은 녹록지 않다. 일단 수확한 들깨를 햇빛에 바짝 말린다. 들깨가 충분히 바삭해지면 마당에 커다란 포대를 깐다. 그 다음 도리깨를 들고 들깨를 마구 때린다. 들깨가 털려 나오면 둥근 채에 담아 거른다. 마지막으로 나비질로 먼지와 쭉정이를 털어 낸다.

그러니까 나비질은 가장 마지막 작업이다. 그렇다고 꾀를 부리면 안 된다. 지금까지의 고생이 헛되지 않으려면 마지막까지 주의를 집중해야 한다고 할머니는 말했다. 나비질을 충분히 하지 않으면 기름을 짜도 색이 탁하고 냄새도 난다며 말이다.

　할머니는 자식들이 먹을 거니까 게으름을 피울 수 없다고 했다. 쉼없이 나비질을 하던 할머니 덕분에 우리 집 냉장고에는 언제나 질 좋고 향 좋은 들기름이 있었다.

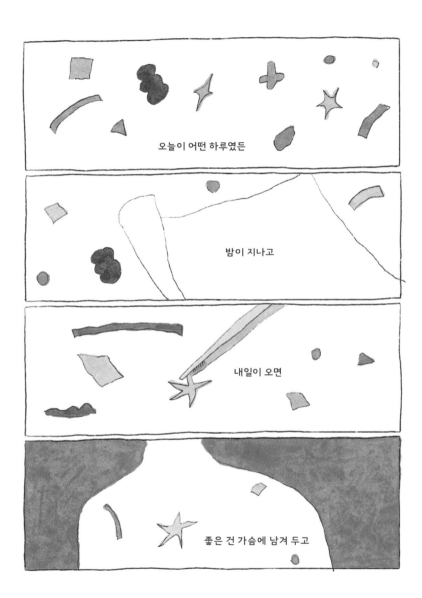

오늘이 어떤 하루였든

밤이 지나고

내일이 오면

좋은 건 가슴에 남겨 두고

삶의 작은 지혜

하모니카 부는 택시 아저씨

택시를 탔는데 운전석 옆에 무언가 번쩍거리는 게 눈을 사로잡았다. 열댓 개는 되어 보이는 네모 모양이 뭘까 싶어 고개를 쭉 빼서 보다 나도 모르게 말을 걸었다.

"혹시 하모니카인가요?"

50대 후반 정도로 보이는 기사는 명랑하게 "네! 하모니카 맞습니다"라고 답했다. 아저씨는 당신의 취미가 하모니카 불기라며 라디오에서 어떤 음악이 나와도 곧바로 따라 부를 수 있다고 자신했다.

"그게 가능한 일이에요?"

신기해하는 나에게 아저씨는 말했다.

"피아노 치는 사람도 음을 들으면 거기 맞는 건반을 누르잖아요. 저도 할 수 있어요. 촌에서 자라 팝송이 뭔지 클래식이 뭔지 잘 모르지만 음악이 나오면 느낌이 와요."

"대단해요."

"허허. 제가 보여드릴까요?"

이야기를 주고받다 보니 아저씨의 옛날이야기까지 나왔다.

"하모니카를 진짜 불고 싶었어요. 그런데 사는 게 바빠 부는 데까지 20년이 걸렸어요. 어릴 때는 곧잘 불었는데 사고로 이가 다 빠져 버렸거든요. 이빨이 없으니 불 수가 없었죠. 그동안 애 키우느라 미루다가 이제야 임플란트를 했어요. 전에는 이가 없으니까 하모니카를 불고 싶어도 불지 못했고요. 이제는 이가 있으니 하모니카도 마음대로 불고 고기도 마음대로 먹어서 행복해요."

그렇게 말하며 웃는 아저씨의 치아는 더없이 건강해 보였다. 괜스레 기분이 좋아졌다.

어느새 목적지에 도착하는 바람에 하모니카 연주는 못 듣나 했는데 아저씨는 나와의 약속을 잊지 않았다. 아저씨는 자신이 하모니카를 얼마나 잘 부는지, 그리고 그때 얼마나 행복한 얼굴이었는지 알까?

"당신이 얼마나 내게 소중한 사람인지 세월이 흐르고 보니 이제 알 것 같아요."

마침 라디오에서 나오는 노래와 아저씨의 인생이 너무 닮아 그 순간을 잊지 못할 것 같다.

행복이 도착했습니다

DEAR- ME

나를 사랑한다는 것은
고된 세상살이에 시리고 굳은 나를
따뜻한 물로 녹여 주는 일 같아
따뜻한 물로 자주자주 녹여 주도록 하자

진짜를 살아야 한다

모두에게 좋은 사람이 되고 싶어서 나를 나대로 두지 않았던 시절이 있다. 얼마 전에 영화를 보는데 주인공 성격이 예전의 나와 닮아 마음이 아렸다.

한때 나는 모든 이에게 잘하고 싶어서 부단히 애쓰며 살았다. 나는 그렇게 생각하지 않는데 그 사람 말이 옳다며 고개를 끄덕였다. 그만 헤어지고 싶어도 눈치가 보여 끝까지 자리를 지키기도 했다.

그런 밤이 지나간 다음에는 며칠을 누구도 만나기 싫었다. 그때는 사람을 만나느라 에너지를 다 써서 지쳤구나, 하고 대수롭지 않게 여겼다. 그러다 어느 순간 깨달았다. 내가 나 같지 않은 일에 괜한 애를 쓰고 있었다는 것을.

내가 애쓴 곳에는 진짜 내가 아니라 가짜 내가 있었다.

주변에서 좋은 사람이라고 하니까, 다른 사람들이 친해지고 싶어 하는 사람이니까 나도 그래야 한다고 여겼다. 내 친구가 좋아하는 사람은 나도 좋아해야 한다고 믿었다. 나만 외톨이가 될까 염려하여 억지로 나를 그곳에 보냈다. 정작 나는 내게 집중하지 못하고, 진짜 나는 외면

한 채 몸만 그곳에 있었다.

타인의 말에 맞장구를 치고 애를 쓴다는 건 뭘까? 가만히 들여다보면 그에게 좋은 사람이 되고 싶다는 뜻이 아닐까 싶다. 지금의 자신보다 더 나은 내가 되길 원하는 마음은 누구나 가지고 있는 바람이다. 어느 누가 내가 엉망이길 기대하고 별로이고 싶을까.

분명히 알아야 하는 건 좋은 사람이란 누구보다 나 자신에게 좋은 사람이어야 한다는 점이다. 모든 이에게 좋은 사람이 되려다 자칫 진짜 내가 갉아먹힐 수 있다. 누구에게나 좋은 사람은 존재하지 않는다.

누구보다 내가 나를 아끼며 진짜 내가 사는 밭을 잘 가꿔야 한다. 그래야 내 밭이 마음에 드는 벌이 찾아오고 꽃도 필 테니까. 남들에게 잘 보이기 위해 억지로 밭을 가꾸면 안 된다. 가짜 꽃을 두면 진짜 벌이 안 온다. 진짜 내 밭이 마음에 들어 찾아오는 벌이 아니다. 그러니 진짜, 진짜를 살아야 한다.

네 매력이 무엇인지 알아?

길들일 수 없는 영혼을 가진 거

무법자 같은 힘을 가졌지만 소녀의 귀여움도 있고

또 아무나 함부로 다가가지 못하는 야생미도

길들일 수 없는 영혼

아픔은 성장을 가져다주지

지나가는 농부에게 왜 사과나무 밑동이 전부 불룩하냐고 물으니 접목을 한 흔적이라는 답이 돌아왔다.

농부는 감나무는 뿌리가 약해 뿌리가 강한 나무와 접을 붙인다고 했다. 밑에는 감자 뿌리, 위에는 토마토를 붙이는 경우도 있다고 했다. 내가 보고 있는 사과나무 역시 잘 영글라는 의미에서 두 나무를 붙인 것이었다.

잘린 밑동을 보고 있자니 참 아팠겠구나 싶었다. 두 나무에는 커다란 상처가 남겨졌지만 이 상처를 이기면 더욱 튼튼하게 자랄 테니 조용히 응원을 보냈다.

엄마, 그건 뭐예요?

가짜 엄지야

여길 계속 쓰면서

이런 게 생겼어

푸바오도

계속 무언갈 쓰면

손이든 마음이든

단련된단다

가짜 엄지

나는 전혀 피곤하지 않아

"하나도 안 귀찮아. 피곤하지 않아. 근데도 매번 안 받는다고 해서 기분 나쁘다."

하루는 엄마가 버럭 화를 냈다. 무슨 일이냐고 물으니 불똥이 내게 튀어 너도 똑같다는 답이 돌아왔다. 들어 보니 일 때문에 바쁜 아빠가 염려된 엄마가 이것저것 몸에 좋은 음식을 하면 아빠가 괜찮다고, 안 먹을 거라고 한단다. 엄마는 아빠가 대체 왜 그런지 모르겠다고 말했다.

"엄마 피곤할까 봐 그러는 거지."

내 말에 엄마는 "나는 전~~~~혀 피곤하지 않은데? 좋은데?" 답했다. 그러면서 나도 똑같다고 했다. 이제는 뭘 좀 해 주려고 해도 주지 마라, 버리는 게 더 많다고 한다면서. 음식 한번 싸 달라고 안 한다며 툴툴거렸다.

엄마는 평생 엄마를 직업으로 삼았다. 그런 엄마에게 가장 큰 기쁨은 무엇이었을까. 초등학교 때에는 100원만 더 달라고 엄마를 졸랐다. 엄마와 함께 빨래를 개며 용돈을 벌었다. 인형을 사 달라고 조르고, 치킨을 시켜 달라고 떼를 썼다. 그러다 내가 크고 돈을 벌면서 조금씩 마음의 독립이 이루어졌다.

그때부터 나는 엄마에게 어떤 것도 받지 않았다. 일부러는 아닌데 엄마가 내게 해 주는 것들이 간절하지가 않았다. 소중함은 알지만 많이 옅어진 것이다.

엄마 마음은 어땠을까. 엄마를 필요로 하지 않는 딸을 보면서 기쁘기만 했을 리 없다. 자신의 손이 한참 필요했던 그때를 조금은 그리워했을 수도.

엄마의 하소연을 들으며 다음에는 내가 먼저 청하리라 마음먹었다. 엄마가 한 고추장물이랑 콩잎 반찬이 먹고 싶다고 말이다.

하루하루

다르게

커 가는 푸바오

엄마 눈에는 여전히 아기인데

품 안의 자식

내게 가장 중요한 것

30대 중반을 넘으면서 가장 달라진 걸 꼽자면 옷이다. 20대 때는 옷장이 터져 나갈 정도로 옷이 많았다. 꾸미는 것에 관심이 많았고 패션의 중심지에 살고 있었던지라 정신없이 옷을 사 모았다. 한국의 절반 가격이니 옷을 사는 게 돈을 버는 거라 여기며 열심히 쇼핑했다. 집이 옷으로 가득할 때까지 사들이다 한국에 돌아오기 위해 이민 이사를 신청하고서야 정신이 들었다.

짐의 무게와 크기가 돈이었기 때문이다. 내게 가장 중요한 게 뭔지 생각하니 놀랍게도 제일 중요치 않은 게 옷이었다. 미술학도였던 나에게 0순위는 열심히 그린 작업물과 그림 관련 물건들이었다.

신기하게도 버린 게 후회되거나 아까운 옷은 하나도 없다. 왕창 가져 봐서인지 아니면 왕창 버려 봐서인지 혹은 철이 들어 외면이 아닌 내면에 관심을 두게 되었기 때문인지 점점 옷에 대한 흥미가 줄었다.

요즘은 격식을 맞춰 입어야 할 때를 빼고는 몇 개의 옷을 돌려 입는다. 친구들이 스티브 잡스냐고 놀릴 때도 있지만 이게 나답다. 참 많이 달라졌다. 무엇보다 나를 제일 생각하는 마음이 커졌다.

네 마음을 따라

몇 밤만 지나도

　지금은 서울에 살고 있고 뉴욕에서 공부도 했지만 김천 출신인 나는 여전히 도시보다는 시골이 좋다. 마당이 있는 집, 문만 열면 보이는 논과 계곡, 시골 특유의 여러 새와 곤충 소리들. 단정하게 미용한 강아지도 귀엽지만 풀숲에서 입을 오물거리는 염소들에게 더 마음이 간다. 그런 마음이 판다 월드에까지 이어지지 않았을까.

　자유롭고 길들여지지 않은, 자신의 천성 그대로를 간직한 판다. 바오 패밀리의 순수함을 지켜 주는 이들의 보이진 않지만 분명하게 느껴지는 사랑이 밑바탕이 되어 주었겠지.

　바오 패밀리와 일상을 함께하게 되면서 나도 진지하게 생각해 보았다. '나는 왜 동물을 좋아할까.' 이유는 이미 알고 있다. 어떤 동물을 보더라도 우리 삶과 많이 닮아서다. 항상 붙어 다니는 사이좋은 원앙, 어디를 가도 새끼와 동행하는 코끼리, 내일을 위해 도토리를 저장하는 다람쥐.

　그리고… 친구나 가족의 죽음 앞에서 쉬이 떠나지 못하는 동물을 볼 때면 나도 모르게 눈시울이 붉어진다. 주어진 환경에서 자신의 삶을 가꾸며 터전을 일구는 동물들. 사는 모양은 다르지만 모든 생명의 삶은 비슷하구나 싶다. 따뜻함과 치열함, 희로애락이 전부 있다. 인간의 겉치레나 화려함이 동물에게는 없어서 더 잘 보이는 듯도 하다.

선이가 크면서 놀이터 친구가 생겼다. 우리 모녀를 포함해 엄마 셋과 아이 넷이다. 아이들은 세 살 두 명, 다섯 살 한 명, 그리고 여섯 살 한 명. 선이가 막내 격이라 내 딸이 이렇게 커 나가겠구나 가늠해 볼 수 있다. 그래도 아이들인지라 한참 놀고 나면 엄마에게 안아 달라고 조른다. 여섯 살 아들을 안은 친구가 버거워 보일 때가 있다. "안 힘들어?" 물으니 힘들지만 그래도 할 수만 있다면 안고 있고 싶단다. 조금만 더 크면 못 안을 거라면서.

엉거주춤한 채 아이를 안은 친구를 보니 아이바오가 루이와 후이를 입으로 들어 올리려고 하는데 자꾸만 놓치고 만 일이 생각났다. 푸바오의 동생들도 많이 컸다. 게다가 쌍둥이 아니던가.

아이바오는 자꾸 입질하며 아이들을 들어 올리려고 한다. 아이바오도 알고 있겠지. 조금만 더, 어쩌면 몇 밤만 더 자고 나면 아이들을 안아 올리지 못할 수도 있다는 걸 말이다. 그래서 할 수 있을 때, 한 번이라도 더 사랑을 주려고 하는 거다.

거기 찾아갈 줄 아나?

알지

태워 줄까?

아니, 코앞인데

우째 아노?

요즘 지도가 얼마나 잘 되어 있는데

그걸 모를까 봐 자꾸 물어

아흔이 되어도

눈은 녹아도 추억은 남는다

엄마 아빠에게는 오래된 시골집이 있다. 내가 아주 어릴 때 몇 년간 살았던 곳이다. 지금도 종종 그 집에 가서 밥도 먹고 고기도 구워 먹으며 놀다 온다.

오랜만에 시골집에서 놀다가 엄마에게 물었다.

"엄마는 이 집에서 가장 기억에 남는 일이 뭐야?"

"어…. 니 폭설 왔던 거 기억나나?"

"폭설? 글쎄. 잘 기억이 안 나는데."

"와 기억 안 나노? 그때 사진도 있는데."

"아! 엄청 많은 눈 위에 서 있던 사진?"

엄마는 지금까지도 눈이 그렇게 많이 온 건 못 봤다고 했다. 눈이 와도 와도 너무 많이 와서 주변 산이 눈덩이들로 보였단다. 눈 때문에 밖으로 나갈 수가 없어서 꼼짝없이 집에 갇혀 있어야 했다. 지루했던 엄마와 아빠는 눈을 뭉치면서 커다란 눈사람을 만들었다고 했다.

"얼마만 했는데?"

"내만 했다. 내 키만 하게 아빠가 만들었다니까."

엄마는 커다란 눈사람을 만들었다며 이야기를 계속했다. 손이 얼마나 시린지 빨갛게 꽁꽁 얼었는데도 호호 손을 불어 가며 눈사람을 완성했다고. 아빠가 나뭇가지를 꺾어 눈사람 눈도 만들고 주고 시커먼 숯으로 눈썹도 박아 주었다고 했다.

"그때가 춥긴 추웠는지 그 큰 눈사람이 오랫동안 녹지도 않고 계속 있었어."

엄마와 아빠가 지금의 내 나이 정도였을 거다. 부모님의 젊은 시절은 눈처럼 맑고 반짝였구나.

소복소복 눈이 내리는 날

대나무에 쌓인 눈 털기!

내가 가장 좋아하는 건

눈이 화르르 쏟아질 때

반짝반짝함만이

세상을 채워 주지

눈 오는 날의 푸바오네

우리는 바오 패밀리 입니다

아, 따뜻해라

어릴 때 엄마는 밤마다 내 종아리와 뒤꿈치를 꾹꾹 눌러 주었다. 옆에 누워 나의 두 종아리를 꼭꼭 누르는 엄마를 보며 스르륵 잠들었다.

그 기억이 다시 난 건 엄마가 연신 자신의 종아리를 만지고 있어서다.

"엄마, 다리 아파?"

"아니. 피곤하지 말라고 만지는 거야."

엄마는 종아리는 제2의 심장이라며 꼭꼭 눌러 주면 피로도 풀리고 건강에도 좋다고 했다.

"기억나나? 어릴 때 매일 종아리 꼭꼭 눌러 줬는데."

그 한마디에 잊고 있던 기억이 떠올랐다. 종아리만이 아니다. 뒤꿈치, 그리고 아킬레스건까지 꼼꼼하게 마사지해 주었다. 성장통 때문에 내가 무릎을 주먹으로 꽝꽝 치던 날에는 무릎까지 주물렀다. 아프기도 하지만 시원함이 더 커 엄마 힘든 줄도 모르고 계속 주물러 달라고 했다.

"오랜만에 종아리 좀 주물러 줄까?"

엄마 말에 기다렸던 듯이 척 다리를 내밀었다.

우리의 이름은 사랑

얼마 안 되었어요

개그맨 유재석 씨가 진행하는 '유 퀴즈 온 더 블럭', 일명 '유퀴즈'는 인기 많은 프로그램이다. 나를 비롯하여 주변에서도 꼭 챙겨 보는 프로그램이기도 하다.

강철원 사육사의 이야기도 이 프로그램을 통해 처음 알게 되었다. 뭉클한 이야기도 많았고 재미도 있었지만 가장 기억에 남는 건 따로 있다.

유재석 씨가 강철원 사육사에게 물었다.

"사육사로 일하신 지는 얼마나 되었나요?"

그리고 우리의 강바오는 이렇게 답했다.

"얼마 안 되었어요. 32년차."

특유의 개구진 표정을 살짝 짓는 그는 천진한 아이 같았다. 2019년 방송이었으니 지금은 에버랜드에서 사육사로 일한 시간이 더 늘었다. 시간이 모든 걸 말해 줄 수는 없다. 하지만 절대적으로 시간만이 알려 줄 수 있는 것들도 있다.

내가 강바오에게 받은 첫 느낌은 자신의 일을 진짜 너무 많이 무지 엄청 매우 정말 사랑한다는 거다.

사육사라는 직업은 공부해야 할 게 많다고 알고 있다. 내부는 물론 외부 활동도 잦다. 방송에서 그는 하루에 2-3만 보 걷는다고 했는데 이런저런 영상을 보면 고개가 끄덕여진다. 쉴 새 없이 움직이고 판다들을 챙긴다. 잠깐만 보아도 얼마나 바지런한 사람인지 알 수 있다. 사랑, 거대한 사랑이 원동력이겠지.

나는 어떨까? 이런저런 투정도 부리고 이 길이 내 길이 맞나 고민도 많이 하지만 그럼에도 지금 이 일을 하고 있는 건 본질적으로 내 일을 사랑하기 때문이리라. 글을 쓰고 그림을 그리는 게 즐겁다. 재미있다. 어느덧 그림은 20년, 글은 10년이 되었다. 그래서 안다.

30년 넘게 이 일을 하고 있는 강바오. 그가 자신의 일을 사랑하지 않고는 저런 표정이 나올 수 없다.

시간, 때로는 그게 증표가 되어 준다.

네 잎 클로버가 어떻게 생기는 줄 알아?

상처로 생긴대

상처?

세 잎 클로버가 상처 입으면

거기서 한 잎이 더 나서 네 잎 클로버가 된대

행복한 삶도 마찬가지

상처도 나고 슬픔도 견뎌야

뜻밖의 행운이 찾아오는

삶은 어디로 갈지 알 수 없는 것

행운이 오기까지

대나무꽃

유튜브로 판다를 보는 횟수가 잦아지니 알고리즘이 자꾸만 말을 걸어온다. 레서판다는 어떤지, 대나무에는 관심이 없는지 물으며 추천 영상들을 보낸다.

그러다 대나무의 꽃에 관한 이야기를 접했다. 대나무는 다 같이 꽃을 피우는데, 어떤 대나무는 주기가 120년이나 된다. 그럼 120년을 기다렸다 잊지 않고 일제히 꽃을 피우는 거다. 뿌리들이 이어져 있으니 그런가 싶을 때쯤 또 다른 이야기를 알게 되었다.

일본의 '맹종'이라는 대나무는 67년마다 개화하는데 같은 지역이 아니더라도 함께 꽃을 틔운다고 한다. 지역이 다른데 뿌리가 이어져 있을 리가. 그런데도 67년 전에 싹 틔운 것을 기억하고 함께 꽃을 피운다. 더 놀라운 건 67년보다 수령이 적은 대나무도 마찬가지라는 점이다.

판다만큼이나 대나무도 재미있는 뒷이야기가 많다. 공통점도 있다. 판다는 번식기가 비슷하여 7월생이 많다. 푸바오네도 모두 7월에 태어났다. 그런데 판다의 주식인 대나무도 일제히 꽃을 피운다니. 이걸 어떻게 설명할 수 있을까? 알면 알수록 판다의 세상은 흥미롭다.

바오 가족의 7월

모든 건 이유가 있다

서울에서 학교 다니던 남동생이 김천으로 내려가 아빠와 함께 일한다고 했을 때, 엄마와 나는 많이 반대했다. 특히나 엄마가 속상해했다. 서울로 보낸 젊은 아들이 김천 시골에 왔다고. 내심 큰 기업에 들어가거나 공부를 더 하길 바랐기에 엄마는 무척이나 아쉬워했다.

동생은 어릴 때 영재로 뽑힐 만큼 영특했다. 수학 올림피아드와 경시대회에 나가 여러 번 수상했을 정도로 똑똑한 아이였다. 엄마는 아들이 좁은 고향을 떠나 큰 서울에서 마음껏 자신의 꿈을 펼치기를 바랐다. 고향에 내려와도 먼 훗날, 나이가 든 다음에 아빠 일을 물려받길 원했단다.

남동생이 김천에 내려가고 얼마 후 일이다. 엄마에게서 전화가 걸려왔다.

"며칠 전에 아빠가 쓰러졌는데 동재가 발견해서 살았데이."

무슨 일이냐고 물으니 일 나간 아빠가 사람들이 잘 안 보이는 곳에서 쓰러졌고, 남동생이 의식이 없는 아빠를 발견해 병원에 데려갔다고 한다. 덕분에 살았다고. 아빠는 가벼운 뇌출혈이었다.

그 뒤로 엄마는 마음이 편해졌다고 한다. 동생이 어린 나이에 김천에 온 것은 그런 뜻이었다고. 그걸로 다 됐다고. 세상 모든 것은 이유가 있는 것이라고.

푸바오, 동생이 생기니 어때?

아직은 잘 모르겠어

나도 엄마와 더 같이 있고 싶기도 하고

또 동생들이 귀엽기도 해

그래도 좋은 게 있어

이 세상에 엄마와 아빠 말고

또 다른 가족이 있다는 게

위안이 되는 거 있지

같은 엄마와 아빠를 가진 사이

엄마가 예뻐 보일 때

뉴욕에 있었을 때 졸업을 앞두고 열린 개인전을 보러 엄마가 뉴욕에 왔다. 엄마는 몇 날 며칠을 지치지도 않고 전시장에 왔다. 그러고는 엉덩이를 뒤로 쭉 뺀 엉거주춤한 자세를 하고는 핸드폰으로 사진을 찍었다. 조금만 더 얌전한 자세로 우아하게 찍어 줄 순 없을까 하는 마음도 들었지만 엄마의 진지한 태도에 말도 못 꺼냈다. 그게 벌써 15년 전 일이다.

얼마 전 엄마와 김천의 한 카페에 갔다. 자리에 앉은 엄마가 주변을 보며 연신 감탄했다. "어째 저리 꽃이 예쁘노. 참말로 예쁘다."

테이블마다 꽃이 소담스럽게 꽂혀 있었다. 엄마는 한참을 꽃을 바라보고 흐뭇하게 웃었다.

집에 가기 전 화장실을 다녀오며 보니 엄마가 엉덩이를 뒤로 쭉 빼고 몸을 배배 꼬아 가며 사진을 찍고 있었다. 익숙한 자세다. 예전엔 창피하다고 여겼는데 이제 알았다. 엄마는 예쁘고 집중하고 싶은 것을 찍을 때 저런 자세가 나오는구나. 그런 모습의 엄마도 예뻐 보였다.

엄마가 있던 중국 사천성 청두는 엄청 넓고

밤에는 별이 가득했대

엄마는 그곳에서 왔다고 했어

나는 한국에서 태어났는데

그래도 엄마 말이 별 모양은 똑같대

그래서 나중에 우리가 헤어지게 되더라도

별이 가득한 하늘을 보면 된다고 했어

그럼 같은 것을 보고 느끼는 거라고

별은 변하지 않고 같은 자리에 있다면서

마치 엄마와 딸 같다고 했어

가끔 구름이 끼는 날이 있어도

절대 사라지거나 변하지 않을 거라고

별을 따라서 갈게

억지로 이해하는 대신

친한 친구와는 시시콜콜 별별 이야기를 다 한다. 그날 주제는 서로의 주변 사람이었다. 친구 주변에 있는 사람들, 내 주변에 있는 사람들에 대해서. 좋은 사람과 어딘가 맞지 않는 사람에 대한 것들이었다.

"그런 거짓말을 하더라니까. 걔 왜 그러는 걸까?"

왜 그럴까 파고드는 나에게 친구가 한마디 건넸다.

"깨끗하게도 또 완벽하게도 이해하려 하지 마."

어릴 때 들었다면 이해할 수 없는 사람에 대해 분명하게 줄을 긋고 저쪽 편에 두라는 의미로 느꼈을 텐데 어느 정도 나이를 먹고 들으니 그 말이 유연함으로 다가왔다.

솔직히 말하면 여전히 이해 안 되는 사람은 무수히 많다. 왜 저러지, 왜 저런 말을 하지, 왜 저런 행동을 하지 등등.

그러게, 친구의 말처럼 억지로 이해하려 하다가는 자칫 부러질 수 있겠다. 전부를 이해할 수는 없다. 나 역시 모든 이에게 이해받을 순 없을 것이다. 내가 이해하지 못하는 게 있다고 인정하면 오히려 더 많은 사람을 너그럽게 볼 수도.

남천처럼

아빠 반 엄마 반

남편과 시어머니는 손발이 닮았다. 내 팔다리가 엄마를 닮았듯 말이다. 선이를 낳고 나니 만나는 사람마다 선이가 나를 닮았다니, 남편을 닮았다니 하는 말을 붙인다.

그러고 보면 외갓집 식구들은 대체로 얼굴이 작고 길쭉한 편이다. 체격도 왜소하다. 반면에 아빠는 얼굴이 둥글고 다리가 길다. 친가 쪽은 대부분 뼈대가 굵고 튼튼한 느낌을 준다. 나와 동생은 두 집의 유전자를 골고루 물려받았다. 남편도 마찬가지다. 어머님을 닮은 것 같다가도 아버님과 판박이다 싶을 때가 있다.

판다를 보아도 그렇다. 푸바오는 엄마 아이바오를 똑 닮았다. 아이바오도 아이바오의 엄마인 신니얼과 생김새가 많이 닮았다. 그런데 또 푸바오에게는 아빠 러바오의 모습이 보인다. 푸바오의 쌍둥이 동생인 루이바오와 후이바오에게도 아이바오와 러바오의 모습이 있다.

사람도 판다도 식구끼리는 확실히 닮았다.

벌이 복을 가져오나 봐

영천에 살 때 일이다. 집 뒤편 지붕에 벌들이 집을 지었다. 그걸 본 아빠는 벌을 키우는 마을 아저씨에게 전화했다. 아저씨는 집에 벌이 들어오는 건 돈을 벌어다 준다는 뜻이라면서 쫓아내지 말고 키워야 한다고 했다. 그래서 부모님은 막연히 벌을 키우기로 했다.

영천은 시골이지만 엄마와 아빠는 농사일을 제대로 해 본 적이 없다. 하물며 벌을 키우는 일은 생각도 한 적 없었다. 아빠는 서점에 가서 양봉에 관한 책을 몇 권 사와 열심히 공부하기 시작했다. 또 벌에 쏘이지 않기 위해 그물망 같은 옷도 사고 벌집을 넣을 벌통도 샀다.

벌집은 해마다 불어났다. 엄마가 벌에 쏘여 병원에 실려 간 적도 있었지만 아빠는 몇 년 동안 열심히 벌을 키웠다.

그 후 우리는 김천으로 이사를 오게 되었다. 그때도 벌 키우는 아저씨가 벌집 문만 닫고 옮기면 되니 꼭 벌도 데려가라고 했다. 결국 벌들도 우리 가족과 함께 트럭에 실려 김천으로 이사 왔다.

정말 벌이 복을 가져온 걸까? 김천에 자리 잡은 우리 집은 나와 동생을 미국과 서울로 공부시킬 수 있을 정도로 살 만해졌다.

훗날 벌집이 너무 많이 불어나 아빠가 본업과 병행할 수 없을 정도가 되어 마을 사람들에게 나누어 주었다고 했다.

나중에 알고 보니 엄마는 벌침을 해독하는 기능이 없는 사람이었다. 오래전 벌침에 쏘였을 때 엄마는 자칫 목숨을 잃을 수도 있었다. 그걸 알고서도 왜 벌을 계속 키운 거냐고 물으니 몇 년만 고생하자고 여겼단다. 자식에게 더 줄 수 있는 게 있다면 그걸로 됐다고 한 엄마.

미신이라고 해도 벌이 복을 가져온다는 말을 엄마는 믿고 싶었던 거다.

어쩌면 어른에 가까워졌을까

어른?

세 딸을 출산하고

첫 딸은 독립을 하고

두 딸도 이제 많이 컸잖아

그러는 동안 아이들만 큰 게 아니라

나도

훌쩍 자란 것 같아

엄마도 자랐어

부모의 일기예보

엄마는 말했다.

자식을 키워 보니 내 새끼가 안 아프고 건강하면 그걸로 다 괜찮다고. 무언가를 바라고 기대하다가도 우리가 조금만 아프거나 끙끙대면 아무것도 생각나지 않았다고. 그게 제일 마음이 쓰인다고 말이다.

엄마 말이 자식은 부모의 일기예보란다. 자식이 맑으면 부모 마음도 함께 맑아진다고 했다.

자꾸만 안 가 본 곳을 가 보고 싶고

이것저것 궁금한 게 계속 생겨

혼자 있어도 무섭지 않고

모두와 친하게 지내고 싶어

질풍노도의 푸바오

완벽한 한편

엄마가 세상에서 제일 잘한 일은 자식을 둘 낳은 거라고 했다. 나와 동생이 한창 클 시기에 밤이 되어 잠자리에 들 때면 우리 네 가족의 자리가 정해져 있었다. 왼쪽 끝이 엄마 자리고, 오른쪽 끝이 아빠 자리였다. 엄마는 엄마와 아빠 사이에 누운 나와 동생을 보고 있노라면 행복이 바로 이것이구나 싶었다고 한다. 가진 것도 없었는데 세상 제일 든든한 마음이었다고 말이다. 아빠와 결혼하여 둘이었을 때도, 나를 낳고 셋이었을 때도 좋았지만 동생을 낳았을 때야 비로소 정말 가족이 되었다는 생각이 짙게 들었다고.

부모님이 둘째를 낳은 데는 여러 이유가 있지만 제일 큰 건 나중에 내가 외로울까 봐 걱정되었기 때문이라고 했다. 나에 대한 큰 사랑이 동생을 세상에 있게 했다. 그래서인지 나이 차이가 있는 편인데도 둘을 함께 두면 마음이 덜 불안했다고 했다.

내가 중학생 즈음부터는 부모님이 나와 동생을 두고 둘만 볼일을 보거나 여행을 가기도 했다. 웃긴 건 꼬맹이 남동생인데도 함께 있는 게 진짜로 힘이 되었다는 사실이다.

부모님이 없는 집에서 동생은 신나게 컴퓨터 게임을 했고 나는 늦은 밤까지 TV를 보았다. 평소에도 사이가 좋은 편이었지만 그때만큼은 정말로 완벽한 한편이었다. 엄마 아빠가 먹지 못하게 한 과자도 마음껏 먹고 몰래 치킨과 피자도 시켜 먹었다.

밤도 무섭지 않았고 간혹 누가 초인종을 눌러도 두렵지 않았다. 엄마와 아빠는 평생 서로에게 든든할 선물을 해 주었다.

언니, 엄마 화난 것 같아?

조금 그런 것 같아

그런데도 왜 이리 들어가기가 싫지?

나도 자꾸만 놀고 싶어

언니랑 있으니 좋아

덜 심심하고

엄마에게도 같이 혼나고

둘도 없는 친구야

영혼의 단짝 루이&후이

선함이 이끄는 힘

'선함이 이끄는 힘.' 몇 년 동안 개인 메신저의 문구였다. 나는 스스로를 나쁜 사람이라고 여기진 않는다만 착한 사람이냐고 물으면 또 그렇다고 답할 자신이 없다. 나는 선하게 살고 싶다. 선하게 사는 한 인생이 아주 나쁘지는 않게 흘러가리라 믿기 때문이다.

가끔은 이기적이고 못된 마음을 품을 때도 있다. 그럴 때면 남아프리카 칼라하리 사막에서만 자란다는 '악마의 발톱'을 떠올린다. 이 씨앗의 씨방은 갈퀴가 여러 개 달렸는데, 건조 과정에서 더욱 날카롭고 단단해진다. 한번 박히면 좀처럼 빼낼 수 없어 이 씨앗이 몸에 붙은 동물은 상처가 곪거나 출혈을 일으켜 죽거나 몸의 일부를 사용하지 못해 굶어 죽는다. 맹수 사자도 예외는 아니다.

사자는 이 작은 씨앗이 자신의 목숨을 앗아 갈 거라 상상이나 했을까? 우리가 조심하고 주의해야 하는 건 이처럼 사소한 무엇일 수 있다. 당장은 손해를 보는 듯해도 나중에 커다란 복이 올 거라 생각하면 이익처럼 느껴진다. 선한 마음을 가지고 살면 내 인생이 조금 더 나아질 거라 여기는 것도 길게 보면 이익이다. 분명 그렇다.

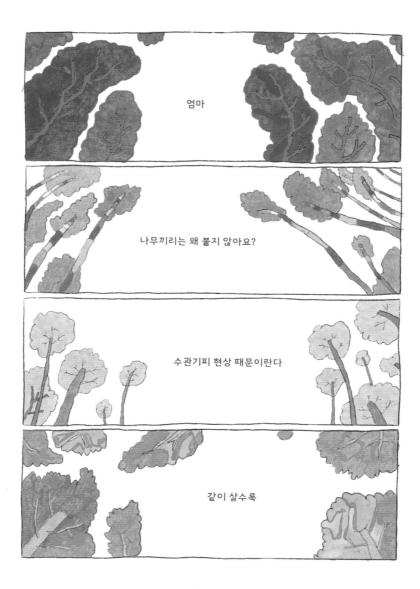

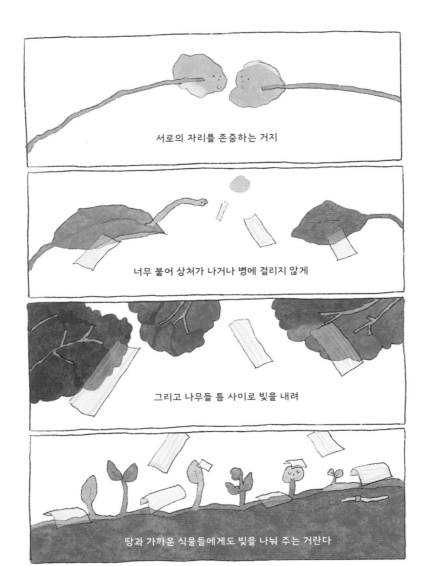

모두가 건강히 함께 살아가기 위해서는

적당한 거리가 중요하단다

모두의 평화를 위해서

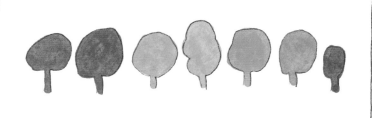

거리라는 존중

서로의 자리

한가득 짐을 들고 지하철을 타야 하는 날이었다. 타야 할 지하철 틈이 꽤 벌어져 있었다. 마침 나오는 안내방송에서도 지하철과 승강장 사이의 틈이 넓으니 유의하라고 했다. 살짝 주저하면서도 어쩔 수 없이 안으로 들어가려는 순간, 나보다 키와 덩치는 한참 크지만 나이는 반절일 남자 고등학생이 내 짐을 번쩍 들어 주었다. 고맙다고 말하니 교정한 치아가 드러나는 미소를 보이며 쑥스러워했다.

이후로 무거운 짐 때문에 난처한 상황에 놓인 사람들을 보면 선뜻 손이 나간다. 그날 그 남학생에게 배운 덕이다.

뉴욕에 머물 때 엘리베이터를 탔는데 흑인 여자가 먼저 타고 있었다. 문이 닫히고 엘리베이터가 움직이는데 내 뒤에서 "나이스 스멜"이라는 소리가 들렸다. 단둘이었기에 살짝 뒤돌아보니 나를 보며 환하게 웃는 여자. 어떤 향수를 사용하냐면서 좋다고 엄지까지 치켜들었다. 15년도 더 된 일 같은데 지금도 나는 그 향수를 쓰고 있다.

언젠가 친한 언니가 "너는 진주 귀걸이가 잘 어울려"라고 말해 주었다. 아는 사람만 알지만 난 작은 진주 귀걸이와 목걸이를 즐겨 한다. 그

다음부터는 진주 액세서리를 착용할 때마다 언니의 말이 생각나면서 내가 꽤 괜찮아 보인다.

인생은 생각지도 못한 누군가가 뿌리는 배려와 칭찬을 원동력으로 앞으로 굴러가는 것일 수도. 나 역시 따뜻함을 뿌리는 사람이 되고 싶다. 내가 어떤 이의 인생에 꽤 반짝이는 부분이 될 수 있다면 기꺼이 배려와 칭찬을 마구 뿌리고 싶다.

인생을 바꾸는 건

누군가의 한마디

누군가의 포옹

누군가의 눈 맞춤

누군가의 위로

누군가의 미소

같은 사소한 것들로

시작되는 게 아닐까

사소함이 만드는 기적들

사랑은 민들레

사랑은 민들레와 닮았다.

봄이 되면 싹을 틔워 노랗게 꽃을 피운다.

사랑의 시작을 알리고

점점 홀씨가 피어

부풀대로 부풀어 오르면

아주 얕은 바람에도 여기저기 마음을 흩날린다.

오래오래 기억할게

고마워, 바오 패밀리

내가 처음 판다에 빠진 건 푸바오 때문이었다. 온종일 귀여운 푸바오와 푸바오를 돌보는 사육사님들의 영상과 이야기를 접하다 보니 어느덧 여러 판다를 즐겨 보는 사람이 되어 있었다.

푸바오가 세상에 태어났을 때는 난생처음 보는 아기 판다가 귀엽고 신기할 따름이었다. 커다란 판다가 이렇게나 작은 새끼를 낳다니! 그러다 하루가 다르게 커 가는 푸바오를 보며 그 사랑스러운 매력에 푹 빠져 있는 나를 발견했다.

임신 초기이기도 했고 코로나로 외출이 자유롭지 못해 온종일 혼자 집에 있던 내게 푸바오는 둘도 없는 친구가 되어 주었다.

그리고… 에버랜드 채널에서 푸바오의 다음 이야기를 기다리던 나는 언제부터인지 아이바오에 물들어 갔다. 아이바오의 사랑으로 푸바오가 쑥쑥 자라는 것처럼 내 배도 점점 불러 왔다. 한참 아이바오의 육아 영상이 송출될 때 나도 엄마가 되었다. 실전 육아를 하면서는 더욱 아이바오가 남처럼 느껴지지 않았다. 푸바오 이상으로 아이바오에게 애정이 생겼고 같은 엄마라서 그런지 감정이 겹쳐졌다.

선이가 자라면서 조금은 육아가 할 만해졌다고 느꼈을 때, 아이바오는 다시 임신했다. 이번에는 쌍둥이였다. 그때쯤 선이 또래의 아이를 가진 엄마들도 둘째를 많이 가졌다. 임신과 출산이라는 힘든 과정을 다시 겪는 아이바오가 짠했지만 쌍둥이가 태어나니 귀여움은 두 배였다. 푸바오의 아기 시절도 생각나고 이들이 한 가족이구나 싶어 괜히 뿌듯해했다. 둘째는 아니지만 비슷한 시기에 나도 조카가 생겨 선이의 갓난아이 시절을 수시로 꺼내 보곤 했다.

육아가 참 우스운 게 그렇게나 힘든 시간을 지나왔는데도 시간이 흘러감에 따라 힘든 기억은 옅어지고 예쁜 기억들만 몽알몽알 마음에 자리 잡는다. 아이바오도 같은 마음이었을까? 루이바오와 후이바오의 귀여움이 커다란 즐거움이던 어느 날, 러바오가 조금씩 눈에 들어왔다.

러바오는 세 판다의 아빠지만 육아에는 직접 참여하지 않는다. 판다는 독립 생활을 하는 개체다. 암컷 역시 새끼를 다 키우면 다시금 독립적인 생활을 한다. 하지만 바오 패밀리는 동물원이라는 특수한 공간에 살기 때문에 러바오의 역할은 대단했다. 아이바오와 쌍둥이들이 꽤 오랜 기간 외부 활동을 못 할 때도 러바오는 판다 월드에서 사람들을 맞아 주었다. 판다의 멋진 면모를 뽐내며 아이바오와 쌍둥이의 몫을 기꺼이 대신해 주었다.

러바오를 보면서 부성애란 무엇일까 생각했고, 유일한 수컷이면서 건강하고 스타성이 강한 러바오의 색다른 매력에 빠져 러바오 영상만 찾아보기도 했다.

쌍둥이가 완연한 판다의 모습을 갖추었을 즈음, 푸바오는 약속된 이별을 준비했다. 푸바오를 어떻게 보내나 싶다가도 또 푸바오가 더 큰 세상에서 어떤 새로운 친구를 만날까 궁금한 마음도 들었다. 그러다가 다른 나라에 사는 대왕판다들에도 관심이 가고 말았다.

의리가 아니라 바오 패밀리가 제일 예쁘다. 하지만 진후, 페이윈, 먀오인도 좋다. 페이윈은 아이바오와 아빠는 같고 엄마는 다른 이복자매다. 따지고 보면 푸바오의 이모가 되는 페이윈은 피는 못 속인다고 성격은 터프한데 외모는 예쁜 판다다. 같은 대련 동물원에 사는 진후와 페이윈과 먀오인을 보고 있으면 절로 웃음이 나온다. 특히나 페이윈이 애착인형을 가지고 다니는 장면은 수십 번 돌려 보았다.

모두 푸바오 덕분이다. 이렇게 내가 만든 판다 월드 주인공들이 하나둘 늘어 간다.

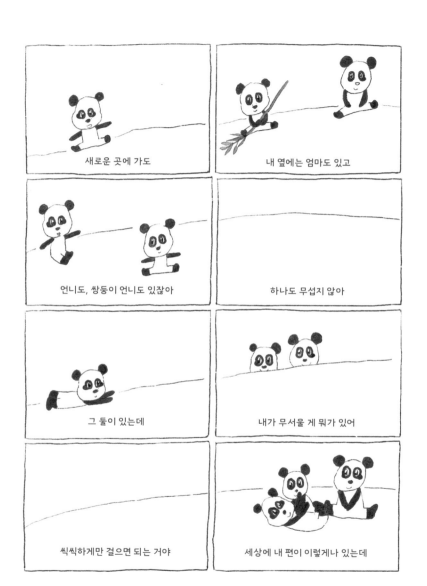

새로운 곳에 가도

내 옆에는 엄마도 있고

언니도, 쌍둥이 언니도 있잖아

하나도 무섭지 않아

그 둘이 있는데

내가 무서울 게 뭐가 있어

씩씩하게만 걸으면 되는 거야

세상에 내 편이 이렇게나 있는데

우리 전부 네 편이야

툰드라 지하의 그 씨앗

"하나의 씨앗이 살아남을 수 있는 기간은 얼마나 될까요?"

나무 강의를 들으러 갔는데 강의자가 청중에게 물었다. "30년이요", "100년이요", "1천 년이요" 하는 다양한 답이 나왔다.

답을 내놓진 않았지만 나는 길어야 100년 정도이지 않을까 했는데 정답은 3만 년이란다. 조금 더 정확하게는 2만 8천 년에서 3만 2천 년 정도라고.

세상에, 3만 년이라니? 어느 정도인지 가늠할 수도 없다. 집에 와서 챗gpt에게 3만 년 전 지구에는 누가 살고 있었냐고 물어봤다. 이 시기는 마지막 빙하기의 후반부로 대표적으로 매머드를 꼽을 수 있다는 대답이 나왔다.

3만 년이라는 시간이 지나는 사이 매머드는 물론이고 셀 수 없이 많은 것이 변하고 달라졌다. 그럼에도 씨앗은 그 긴 시간 동안 기다린 것이다. 자신이 싹을 틔울 때를.

틔우고자 하는 마음만 잃지 않는다면 모든 것이 맞추어졌을 때 싹을 틔우는구나. 그래도 3만 년은 길지만.

자, 바로 지금

아이바오처럼

누구는 우아하게 나이 들 거라고 하고, 누구는 지적으로 살고 싶다면서 여러 희망을 말한다. 그렇다면 나는 죽을 때까지 귀엽고 애교 있게 살고 싶다. 나는 처음 본 사람에게는 약간 삐걱거리고 데면데면하지만 조금 친밀해진 듯하면 나도 모르게 애교가 섞인다. 이런 나를 어떻게 간파했는지 요즘 인스타그램에 '어린아이처럼 말하지 않기', '똑똑하게 말하는 법', '논리적인 대화법'이 추천 영상으로 계속해서 뜬다.

하지만 나는 그런 것에 흔들릴 사람이 아니다. 실은 그렇게 살고 싶지 않다.

똑 부러지게 한 말에 누군가 상처받는다면 조금 허술하게 말하는 편을 택하고 싶다. 사근사근하게 말해서 조금 손해를 보는 일이 생긴다 하더라도 상대의 기분을 상하지 않게 하고 싶다.

애교스럽게 사랑스럽게 나이 들고 싶다. 그런 면에서 아이바오는 나의 멘토다. 아무 곳에나 발을 턱 올리고 와그작와그작 신나게 음식을 씹으며 맛을 음미하는 천진난만함이란! 훈육에 있어서도 솔직하다. 사람들이 보고 있어도 교양이나 체면보다는 내 자식부터 챙긴다. 커다란 덩치도 아랑곳하지 않고 좋으면 달려가고 예쁘면 덥석 안는다. 먼저 자신을 안아 달라고 한다. 솔직하고 숨김이 없다.

알지만, 알면서도 점점 차가워지는 세상을 살고 있다. 나도 동글동글하게만 살 수 없다는 걸 알고 있다. 그래도 나처럼 조금 더 부드러운 세상에 살고 싶은 이들이 있으리라 믿는다. 아이바오처럼, 바오 패밀리처럼. 그래서 내 주변부터라도 부드러움이라는 텃밭을 가꾸려 한다.

나는 마지막까지 귀엽게 살련다. 애교도 팍팍 부리고, 가끔은 어린이처럼 입도 삐쭉거리고, 좋은 사람들에게는 팔짱도 먼저 끼고, 또 눈치 보지 않고 포옹도 해 주면서. 재테크도 정치도 기계도 어디 하나 빠삭하지 않아도 상추 쌈을 잘 싸는 사람, 값비싼 액세서리는 못 하지만 엽서에 손으로 그림을 그려 사랑하는 이에게 보낼 수 있는 푸근한 사람.

나는 그렇게 살 거다, 아이바오처럼.

그거 알아?

판다는 모두

미숙아로 태어나

500배 넘게 자라

나도 미숙아로 태어났어

아직도 덜 자란 것 같아

덩치는 커졌는데 못 하는 거 투성이야

혼자 밥 먹는 것도 어렵고

자연히 어른이 될 줄 알았지

생명이 생명을 살리는 법

나와 내 동생은 보통 두 살 혹은 세 살 터울인 친구들의 형제자매와 달리 여덟 살 차이가 난다. 이전 책에도 살짝 썼지만 내가 여섯 살 때 한 번 동생을 잃었다. 어렸을 때지만 엄마가 많이 힘들어했던 기억이 있다. 그때 외할머니가 엄마에게 아이를 가지라고 반복해서 말했다. 그래야 산다고. 죽을 것 같던 엄마는 외할머니의 말이 잘 이해되지 않았지만 결국 외할머니 말이 맞았다고 했다.

여러 어려움이 있었지만 엄마는 둘째를 가질 수 있었다. 지나고 보니 엄마도 살았다. 엄마는 그때 용기 내서 아기를 낳고 키우지 않았으면 많이 힘들었을 거라고 했다. 동생 덕분에 다시 '엄마'라는 삶을 살아갈 수 있었다고.

오래 함께였던 강아지를 먼저 보내고 다시 반려견을 입양한 친구는 그 말에 공감한다고 했다. 몇 년 전 친구는 몇 달을 울기만 하며 보냈다. 몰라보게 수척해져 이러다 큰일이 날 것 같았는데 우연한 기회에 강아지를 임시 보호하게 되었고, 지금은 그 강아지와 행복하게 산다. 새로운 강아지가 친구를 살 수 있게 만들어 주었으리라.

정말 다행이에요

중요한 건 마음

넷플릭스에서 제작한 다큐멘터리 '나의 문어 선생님'을 봤다. 문어의 생태에 관한 내용인가 보다 하고 가볍게 보기 시작했다가 엉엉 울고 말았다. 이 다큐멘터리의 감독이자 주인공인 크레이그는 번 아웃을 겪으며 매일 집 앞 바다에 들어간다. 감독은 어린 시절을 바닷가에서 보냈다고 했다.

모든 것에 지쳐 멀리 떠난 주인공은 어느 날 한 문어를 만난다. 당연한 말이겠지만 문어는 처음에는 크레이그를 무척이나 경계한다. 하지만 그는 숱하게 바다에 들어가 천천히 문어를 알아 나가고, 결국 문어는 크레이그의 손도 잡고 그의 가슴팍에도 들어가는 등 엄청난 유대감을 보여 준다. 문어의 마음에 크레이그에 대한 신뢰와 믿음이 생긴 것이다.

영상을 보기 전까지 나는 한 번도 문어에 대해 깊이 생각해 본 적 없다. 막연히 문어가 인간과 교감을 나눈다는 건 말도 안 되는 일이라고 여겼다. 그러다 다큐를 보고 나서야 문어가 강아지나 고양이처럼 교감을 나눌 수 있는 대상임을 알게 되었다. 실제로 문어의 지능은 개와 고양이와 비슷하다.

화려한 변장술을 자랑하는 개구쟁이, 유쾌함을 가진 문어. 문어는 매일 바다를 헤엄치며 자신의 세계를 열심히 살아 나간다. 때로는 다툼도 벌어지고 이 과정에서 부상을 입기도 하고 치유의 시간을 보내기도 한다.

크레이그는 문어의 시간을 바라본다. 인간의 그것과 하등 다를 게 없어 절로 눈시울이 붉어졌다. 다큐가 후반부에 접어들면 더욱 많은 일이 벌어지면서 삶을 대하는 태도까지 생각하게 한다. 크레이그라는 인간과 문어의 교감을 다루지만 보는 것만으로도 나도 문어와 교감할 수 있었다.

종을 초월해 우정을 쌓은 여러 동물이 있다. 진돗개와 병아리, 원숭이와 돼지, 소와 닭, 고양이와 너구리, 하마와 거북이 등등. 마음을 연다면 종이 다르고 언어가 통하지 않는 건 문제가 되지 않을 수도.

할아버지의 장화가 좋아

할아버지는 인간이라고 했는데

나처럼 까만 신발을 신은 것 같거든요

우리가 닮은 모양이라 좋아요

할아버지와 닮은 나

나를 아껴 주세요

재연이가 내게 "언니, 좋은 것부터 드세요" 하며 과일을 내민다. 재연이는 동생의 아내다. 처음에는 재연이에겐 내가 시누기도 하고 손윗사람이니 그렇게 말하다 보다 했다. 하지만 우리가 편해진 다음에도 재연이는 같은 말을 했다.

재연이의 큰아버지는 말년에 암으로 고생하셨단다. 큰아버지는 평생 가족을 위해 희생한 분이었는데 임종을 앞두고 가족에게 이런 말을 남겼다. 자신은 사과 한 박스를 사면 그중 가장 멍들고 흠이 있는 것부터 먹었다고 말이다. 멍든 사과를 먹고 나면 다음 날 또 멍든 사과가 있어 늘 멍든 것만 먹게 되었다고.

"그러니 나를 위해 싱싱한 것, 좋은 것부터 먹어. 나는 그게 제일 나에게 미안해."

그 말을 듣고 재연이는 마음이 아팠다고 했다. 그리고 큰아버지 말씀대로 그 뒤로 자신을 위해 살아야겠다는 마음을 먹게 되었다고.

남들보다 일찍 독립하여 혼자 살게 된 나는 작은 딸기 한 박스를 사도 다 먹지 못할 때가 있었다. 그런데도 상할 것 같은 것부터 꺼내어 씻는다. 재연이의 말을 듣고 내가 예쁘고 싱싱한 것부터 먹은 적이 있었나 생각했다. 그리고 다음부터는 아끼는 마음은 접어 두려 노력하고 제일 좋은 것부터 먹어 보려 한다.

　작지만 내가 더 소중해지고 더 아껴지는 기분이다.

너 좋아하는 반찬이야

이게 따뜻할 거야

이게 좋아 보이네

알맹이만 먹어

새 걸로 가져가

바깥이 보이는 자리로 앉아라

아낀 마음은 어디로 흘러가는가

마음으로 만든 것들

아빠가 안 만들어 준 게 없었던 어린 시절. 당장 생각나는 것만 꼽아도 2층 침대, 1층 침대, 선반, 수납장, 작은 책상, 조금 큰 책상 등이 있다. 내가 자라며 사용한 가구는 몽땅 아빠의 손을 거쳐 완성되었다.

무언가 나와 동생에게 필요한 가구가 생기면 아빠는 먼저 폭이 한 뼘 정도이고, 길이는 아빠 키보다 훨씬 긴 자재를 사 와 잘랐다. 그러고 나서는 열심히 사포질을 했다. 그다음에는 토치로 나무의 결을 살려 그을렸다. 적당한 빛이 돌면 코팅제를 발라 마당에 죽 세워 두었다. 충분히 시간을 들여 나무를 바람과 햇살에 바짝 말리고 나면 이것저것 원하는 모양을 맞추어 뚝딱 가구를 완성해 냈다.

아빠의 가구는 특색이 있었다. 특히 불로 그을려 색을 낸 건 아빠만의 창의적인 포인트라고 생각한다. 아빠가 만들어 준 가구들 중 몇 개는 여전히 잘 사용하고 있다. 나의 소중한 보물이다.

아빠가 아니면 누군가 나에게 이토록 시간과 마음을 담아 가구를 만들어 줄까?

모든 곳, 모든 순간

내 별의 주인이 될 때가 왔어요

마음 웅덩이가 고이면

마음 웅덩이에 말, 상념, 고민 등이 잔뜩 고여 있을 때가 있다.

웅덩이 가득 이 말을 할까, 하지 말까 하는 고민이 쌓여 있다. 내뱉지 못하는 말들, 후회되는 지난날, 놓쳐 버리고 만 마음들, 동그라미로 마무리되지 못한 생각들…. 그것들이 물에 젖은 빨래처럼 물기를 가득 머금고 내 마음에 걸려 있을 때가 있다.

젖은 수건을 그대로 두면 축축해지다 못해 냄새가 나고 끝내 썩고 만다. 마음 웅덩이도 마찬가지다. 안에 고인 것들이 빠져나갈 수 있게 햇빛에 말려 주어야 한다. 빨래도 마음도 햇빛을 쐬어 주어야 잘 마른다. 가벼워진다.

햇빛은 만물을 키우고 자라게 한다. 그 일부인 인간도 마찬가지다. 나는 햇빛을 받은 사람과 아닌 사람은 차이가 있다고 생각한다.

그래서 마음 웅덩이에 고민이 고여 우울해지면 내가 축축한 종이가 되었구나 하며 햇빛에 마음을 말리려고 한다. 나쁜 생각이 자꾸만 퍼져 나가면 소독을 해야지 하고 스스로를 다독이며 그것들을 햇빛에 날려 버리려고 노력한다.

마음에 빛이 차고, 바람이 통하고….

그래도 모두 말리진 않으려다. 나는 마음에 웅덩이를 두어 개 정도
가지고 있는 사람이 좋다. 풍경도 그렇지만 그래야 사람도 운치가 있다.
인간답다.

자기 전에 판다 영상을 봐

인간관계 뉴스 미래 등 여러 가지가

마음을 힘들게 하고 슬프게 하면

더더욱 판다를 보는 것 같아

무해하고 귀여운 판다를 보다 보면

다 잊을 수 있거든

그렇게 하루의 마지막 시간을 보내면

오늘을 무사히 보낸 느낌이야

판다 꿈 꿔

기버 강바오

강철원 사육사는 주는 사람임에 틀림없다.

세상에는 주고자 하는 성향과 받고자 하는 성향을 가진 두 가지 부류가 있다. 나는 받을 때보다 줄 때 행복한 마음이 크다. 아무래도 기버에 가까운 듯하다. 기버 성향을 가진 사람은 같은 기버 성향의 사람을 잘 알아본다. 강바오는 분명 기버일 것이다.

바오 패밀리를 살뜰하게 돌볼 때도 물론이지만 그가 청두에 갔었을 때의 행동을 보고 나서 확신했다. 강바오가 멀리서 푸바오를 지켜보는데 푸바오가 다가오자 높은 담 위에서 소리쳤다.

"푸바오, 여기 네 잎 클로버야."

거기서부터 왈칵 눈물이 났다. 청두까지 가서도 주고 싶은 마음뿐이구나. 동물 관리 차원에서 동물원은 관람객이 동물에게 물건을 주는 걸 금지하고 있다. 강바오가 누구보다 잘 알고 있을 것이다.

하지만 얼마나 주고 싶었을까? 얼마나 그 마음이 차올랐으면 그 많은 세 잎 클로버 가운데 네 잎 클로버가 눈에 들어왔을까.

푸바오에게 무언갈 주고 싶은 마음이었겠지. 그게 고스란히 전해져

애틋함이 더욱 크게 느껴졌다.

네 잎 클로버를 보고 나서는 얼마나 반가웠을까. 절절한 마음이 푸근한 강바오를 날카로운 독수리 눈으로 만든 게 분명하다.

할부지의 마음이 담긴 네 잎 클로버는 분명 푸바오에게 행운을 가져다주겠지.

어라? 유채꽃이 벌써 피었어?

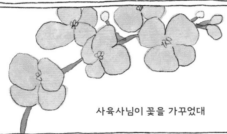

사육사님이 꽃을 가꾸었대

어떻게?

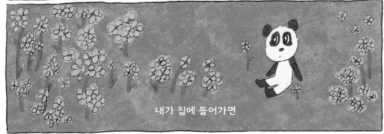

내가 집에 들어가면

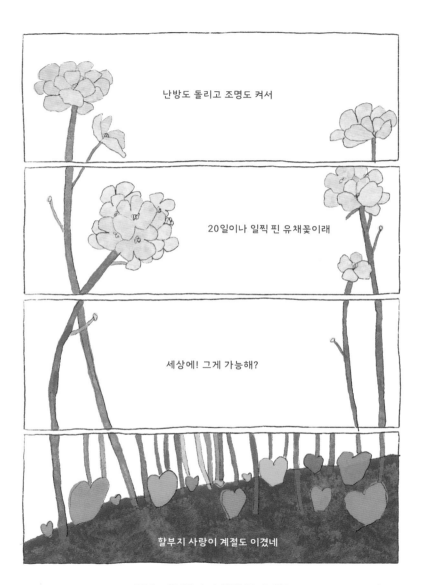

난방도 돌리고 조명도 켜서

20일이나 일찍 핀 유채꽃이래

세상에! 그게 가능해?

할부지 사랑이 계절도 이겼네

푸바오를 만나러 일찍 핀 유채꽃

플래시가 '딸깍' 하던 순간

부모님이 떠나고 나 혼자 남으면 어떤 기분이 들까? 가능하다면 느끼고 싶지 않지만 아주 얇게나마 저미듯이 경험한 적이 있다.

김천에 살기 전에 우리 가족은 영천에 터를 잡았는데 우리 집 대문에서 다른 집까지가 흙길이었다. 흙길 오른쪽에는 낮은 둑길이 나 있었다. 그리고 둑길로 올라가는 완만한 능선에는 잡초와 덩굴이 무성하게 자라 있었다.

아직 동생이 태어나기 전이라 아빠와 엄마와 나는 밤이 되면 흙길을 따라 종종 슈퍼에 갔다. 그 기억만 남은 건지 모르지만 저녁이 아니라 분명 밤이었다. 그것도 아주 깜깜한 밤. 아빠가 방문을 열고 들어와 빨간색 플래시 버튼을 딸깍 누르면 슈퍼에 가자는 신호였다. 아빠의 신호에 엄마와 나는 얼른 아빠를 따라나섰다. 비밀스런 무언가를 하는 기분이었달까.

그날은 엄마와 아빠가 내 앞에서 걷고 나는 뒤에서 삐쭉 튀어나온 잡초를 뽑으며 걸어갔다. 아빠 손에 들려 있는 플래시 때문에 두 사람의 뒷모습이 그림자처럼 까맣게 보였다. 환하고 동그란 빛 안에 있는 엄마와 아빠를 나는 부지런히 뒤따랐다.

그러면서도 딴짓에 집중했으니 바로 잡초 뽑기였다. 잡초를 뽑으면 삐익 하는 소리가 났다. 굵은 잡초일수록 소리가 컸다. 그게 어찌나 재미 있던지 굵은 잡초가 어디 있나 찾으며 드문드문 부모님의 뒷모습을 따랐 다. 그러던 중 딸깍거리는 소리와 함께 갑자기 주변이 깜깜해졌다. 고개 를 드니 온 세상이 암흑이고, 그리고… 눈앞에 엄마와 아빠가 없었다.

그 순간, 달에 비친 잡초들이 어찌나 크고 날카로워 보이던지. 깜짝 놀라서 엉엉 울어 버렸다. 동네가 떠나갈 듯 큰 소리로 울고 있는데 수 풀에서 부모님이 나타나는 게 아닌가.

"와, 무섭드나? 그래 무섭드나. 하하하."

"놀랬는 갑다. 내가 하지 말라 캤지."

껄껄거리며 웃는 아빠를 나무라는 엄마. 덕분에 파르페 모양의 고급 아이스크림을 얻을 수 있었다.

혼자가 되었다는 엄청난 공포와 어둠, 그리고 슬픔 때문인지 몰라도 아직도 선명한 기억이다. 분명한 건 새까만 곳에 혼자 서 있다는 건 하염없이 눈물이 나오는 일이라는 것.

그날은 아침부터 꽃도 받고

당근도 많았어

나를 보러 온 사람들로 북적였어

햇살도 좋고 모든 게 다 따스했지만

다들 울고 있었어

그때 안 것 같아

나는 홀로 설 준비가 되었고

독립을 향해 나아가야 한다는 것을

그 순간이 왔다는 걸

'푸', 나의 공주에게

"어, 공주 어데라?"

고등학교 다닐 때 일이다. 수화기 너머로 친한 친구 아빠의 목소리가 들려왔다. 에, 내 친구가 공주라고? 속으로 깜짝 놀랐다. 내 친구가 공주님이었구나! 부모님에게 공주라고 불리는구나! 한편으로 왜 우리 엄마와 아빠는 나를 공주라고 부르지 않는 걸까 하는 마음이 스멀스멀 생겼다.

솔직히 말하면 나도 공주라고 불리고 싶었다. 이건 내가 아니라 또 다른 나의 마음이다. 물론 또 다른 나도 나다. 그렇다고 갑자기 "이제부터 저를 공주라고 불러 주세요"라고 할 수도 없는 노릇이었다.

공주는 핑크빛이다. 내가 나서서 공주라고 불러 달라고 할 수 없는 색깔이다. 당시의 나는 마음이 단단하지도 않았고, 주변 눈치도 많이 봤다. 설령 부모님이 그렇게 불러 주었다고 해도 다시 손사래를 쳤을 것이다.

우리 아빠도 아빠의 방식으로 딸에 대한 애정을 표현했다. 가령 "입어 봐라. 마네킹에 입힌 옷, 티셔츠랑 바지 고대로 사 왔다" 하며 꽤 비싼 브랜드 옷을 선물하기도 했다. 내 취향은 반영되지 않았지만 최신 유행의 신상품이었다. 주말에 입고 나가면 친구들이 새 옷이냐며 단번에 알아보았다.

"옷 예쁘네. 부럽다."

공주님 친구가 칭찬해 주니 으쓱하는 마음도 생겼지만 정작 내가 더 친구를 부러워하고 있었으니 새 옷으로는 마음이 채워지지 않았다. 티는 안 냈지만 친구 아빠가 친구를 공주님이라고 부르는 데 대해 부러움과 시샘이 있었다.

공주님은 지금도 나의 제일 친한 친구다. 얼마 전, 친구 차를 탔는데 마침 친구 아빠에게 전화가 왔다. "어, 공주 어데라?"

블루투스 스피커를 타고 전해지는 익숙한 음성과 단어. 그 시절이 생각나 웃음이 절로 났다.

"나 예전에 네가 공주님이라고 불리는 거 엄청 부러워했어."

이 일을 남편에게 털어놓으니 "어렵지도 않구만" 하고 간간이 나를 공주님이라고 불러 준다. 그렇게나 듣고 싶었던 말이었는데 정작 들을 때마다 부끄러워 몸을 배배 꼰다. 그래도 마음이 꽉꽉 차는 기분이다.

그 때문일까? 강바오가 푸바오를 "공주님"이라고 다정히 부르면 자석처럼 끌린다. 내가 너무나 듣고 싶었던 말 아니던가! 강바오가 언제고 느닷없이 푸바오를 공주라고 부르는 따뜻한 음성이 좋다. 어렸을 때

희망했지만 채워지지 않았던 무엇이 따뜻하게 차오르는 것 같다. 많은 사람이 나와 비슷한 마음이리라. 내가 받고 싶었던 애정의 모양, 눈빛의 형태, 관계의 안정 등. 바오 패밀리와 사육사들을 보면 그것이 채워진다. 이들을 통해 나처럼 치유의 과정을 발견한 이도 있을 테고 어떤 이는 추억을 회상하기도 할 테고 또 사랑과 관계를 배우기도 할 것이다. 한껏 울고 아파하고 행복해하며 바오 패밀리에게 푹 빠져들었으리라 가늠해 본다.

모든 인생이 부족함 없는 모두 같은 각을 지닌 오각형이면 좋겠지만, 물론 그런 사람도 있겠지만 나는 그렇지 않다. 여러 모양의 애정을 받았지만 카스텔라처럼 달달하고 부드러운 애정 표현에는 오래 목말랐다. 다행히 나의 부족함을 알고 있고, 다정한 남편을 만났다. 그리고 내 인생의 남은 부분에는 다정함이 더 채워질 것이라 믿는다.

좋아

나는 어떤 모양일까

사람은 테트리스 조각 같아서 나랑 맞는 사람과 아무리 맞추려 노력해도 맞출 수 없는 사람이 있다고 생각한다. 그래서 나는 여러 번 애써 맞추려고 하지 않는다. 내가 남다른 모양을 가진 사람인 걸 안 다음부터는 더욱 그렇다.

나도 나를 잘 몰랐고, 저마다의 모양에 대해 깊이 생각해 본 적 없을 때는 왜 나는 사사로운 것도 까끌거릴까 한없이 자책하고 작아지기도 했다. 그러다 몇 번의 시행착오를 거쳐 사람은 제각각 다르다는 걸 인정하고 나서야 조금 편해졌다.

나는 내 모양을 받아들이고 좋아하고 나에게 상처 주지 않고 잘 이끌어 가야 한다. 노력도 필요하지만 노력으로 되지 않는 일도 있다. 그럼 거리를 둔다. 서로에게도 좋다.

아주 가끔은 아쉬운 마음이 든다. 내가 많은 이들과 잘 어울리는 네모나 모두에게 환영받는 긴 막대기였다면 좋았을 텐데, 하면서.

하지만 지금의 나도 좋으니까 괜찮다.

자꾸 해 보면 알 수 있어

아빠의 미행

초등학교 2학년 때였나. 학교를 마치고 집에 가는 버스를 기다리는데 익숙한 자동차 한 대가 서 있었다. 조금 더 다가가 보니 아빠의 승용차였다.

"아빠~!"하고 불렀지만 내가 다가가니 자동차는 붕 엑셀 소리를 내고 쌩 출발해 버렸다. 나는 목청이 터져라 아빠를 부르며 자동차 뒤꽁무니를 쫓으며 달렸다. 아무리 달려도 차는 점점 멀어졌고 어느새 두 눈에 눈물이 차올라 그만 엉엉 울고 말았다.

집으로 가는 버스를 타기는 했다. 버스 안에서도 내내 울었지만. 정류소에서 내려 집으로 향하는 길 마지막까지 눈물을 훔치다 드디어 집에 도착했다.

그런데 집에 아빠가 있는 게 아닌가? 나는 아빠한테 아까 왜 나를 두고 혼자 갔냐고 울면서 따져 물었다. 아빠는 아까 내가 본 건 아빠가 아니었다고 답했다. 분명 아빠 차 번호판이었는데 말이다.

아주 많은 시간이 지나고 나서 아빠가 물었다.

"니 초등학교 때 아빠 차 보고 따라 왔잖아. 그때 많이 울었드나?"

그날 아빠는 담임선생님과 면담을 했었다. 그때 선생님이 내가 초등학교 2학년이 되었는데도 혼자 학교 오가는 걸 무서워한다면서 걱정되겠지만 아이 혼자 등하교하는 연습을 시키는 게 좋겠다고 했다고 한다. 학교에 좀 늦더라도 지각으로 처리하지 않을 테니 꼭 도와 달라고.

선생님의 말에 아빠는 내가 혼자 학교를 오갈 수 있게 연습을 시켜야겠다고 결심했다. 동시에 어린 딸이 과연 할 수 있을까, 무슨 일이 생기면 어쩌나 염려되어, 그리고 내가 혼자라고 느끼면 안 된다고 여겨 몰래 나를 지켜보기로 했다.

며칠을 내가 혼자 학교 가는 걸 따라가니 처음에는 길을 걷다가 갑자기 멈추고는 한참 잡초를 본다거나 피아노 가게 앞에서 이것저것 구경하더란다. 그러더니 나중에는 곧잘 버스를 타서 뿌듯했다고 덧붙였다. 또 어느새 친구를 사귀어 친구랑 함께 시장에서 가래떡으로 만든 떡볶이도 사 먹고 즐겁게 재잘대는 걸 보고 안심했다고 말했다.

나는 몰랐지만 엄마와 아빠는 반년 넘게 나의 등하굣길을 따라다녔다. 그게 나의 독립의 시작이었겠지.

태어난 곳을 떠나 본 적이 있다고 했지?

응. 꽤 오래 다른 나라에서 살았어

떠나니 어땠어?

처음에는 많이 외로웠어

그 큰 땅에 나 혼자인 것만 같았거든

엄마 아빠 동생도 없는 곳에서

낯선 이들만 있는
곳에서 살기가 쉽진 않았지

하지만 이내 새로운 세상에 적응했고

수영장에서 바다로

좋은 것도 아니더라고

나는 남들보다 한글을 일찍 뗐다. 지금도 엄마는 내 자랑을 할 일이 있으면 한글 이야기부터 꺼낸다. 어느 정도는 똑똑한 딸을 낳은 당신의 자랑이기도 하다. 몇 년 전 가족 모임에서 엄마의 진심이 나왔다.

"얼매나 일찍 일어나는지 새벽 4시에 일어나서 만날 책을 읽어 달라는 거라."

"육아 좋아하셨다면서요."

"나는 잠이 많은데 고거 딱 하나 미치겠는기라. 그래서 계속 가르쳤지. 한글을 계속 알려 줬어."

엄마가 열심히 가르치니 어느 순간 내가 한글을 깨치더란다. 덕분에 엄마도 조금 더 잘 수 있어 편했다고.

"그것이 너와 나의 분리! 독립의 한 발자국이다, 이거야~."

달콤한 아침잠을 원했던 엄마의 열망과 집념이 만들어 낸 나의 한글 깨우침. 그러곤 이어 말한다.

"근데~ 키워 보니 그것도 좋은 기 아니더라고. 만날 지 방에 들어가 혼자 문 닫고 책 보고. 그러니까 나랑 말하는 게 줄어드는 기라, 하하."

아이바오, 서운하지?

나도 우리 딸이 자라 독립하니까

한편으로는 서운하더라고

떠나보내는 게 쉽지 않지?
그게 우리 몫인데도 말이야

엄마 마음은 똑같아

어른이 되어도

아이들에겐 유독 좋아하는 물건이 있다. 보통 앞에 '애착'이라는 이름이 붙는데 인형일 수도 있고 이불일 수도 있고 혹은 의외의 물건인 경우도 있다. 아이들은 어느 곳을 가든 한시도 자신의 애착 물건과 떨어지지 않으려고 한다. 어른이 중에는 애착 인형이나 담요를 안고 다니는 이가 없다. 적어도 나는 보지 못했다.

하지만… 어른이 되어도 여전히 두려운 것 천지다. 이럴 때 함께 있는 것만으로 마음이 놓이는 애착 물품이 있다면 얼마나 좋을까.

그래서 말인데 몇 년 전부터 애착 전등이 생겼다. 매일매일 챙겨 다니지는 않아도 여행을 갈 때나 집에서라도 방에서 다른 방으로 옮겨 갈 때 혹은 며칠 부모님 집에 갈 때는 꼭 챙긴다.

나의 애착 전등으로 말할 것 같으면 버섯 모양인데 하얗고 귀엽다. 내 손바닥만 한 크기로 스위치를 켜면 노란 불이 나온다. 그럼 마음이 몽글해진다. 애착 조명을 들고 사회생활을 하면 어떠려나. 어렵겠지. 그래도 집에 돌아오면 마음의 안식처 같은 나만의 물건이 있다는 게 어딘가 싶다. 어른이 되어도 꼭 필요해.

내가 나를 안아 주는 거야

점쟁이는 무엇을 보았을까

아빠 쪽 식구와 엄마 쪽 식구를 통틀어도 그림을 그리거나 글을 쓰는 걸 업으로 삼은 사람이 없다. 엄마도 아빠도 내가 어릴 적에 글과 그림으로 밥을 먹고 살 줄은 몰랐다고 말한다. 내가 고등학생 때 엄마가 친구를 따라 점을 보러 갔는데 내 사주를 본 점쟁이가 "얘는 글로 먹고 살겠네" 했단다. 그 말을 들은 엄마는 그림을 배우는 딸이 어떻게 글을 쓰냐며 점집을 잘못 갔다고 생각했다고 한다. 나중에 책이 몇 권 나오고서야 그 일이 생각나 이야기해 주었다.

그러고 보면 엄마가 점을 본 지 10여 년이 지난 다음에 첫 책이 나왔다. 그로부터 10여 년이 지난 지금도 난 책을 쓰고 있으니 신기하긴 하다.

내가 무엇이 되겠다고 정하고 그대로 사는 사람이 얼마나 있을까? 내 주변만 봐도 서른이 넘어 공학에서 예술로 전공을 바꾸기도 하고, 대학원에 다닐 때는 예순을 훌쩍 넘긴 할아버지가 미술 대학에 입학해 함께 수업을 들었다. 성인이 되어서는 물론이고 중년과 장년, 노년이 되어서까지도 나는 어떤 모습으로 어떻게 살고 싶은지는 인생의 숙제다.

알고 보면 대단한 거라고!

카페에서 자꾸만 눈길이 가는 사람

　카페는 커피를 마시는 곳이지만 요즘 카페를 가면 대부분이 그 외의 일을 한다. 내가 그런 곳만 골라 가는 이유도 있지만 주로 혼자 오고, 자기 일에 열중한다. 나처럼 무언가 적고 있는 사람도 있고 숫자가 가득한 모니터를 보며 업무를 하는 사람도 있다. 또 인터넷 강의를 듣는 사람, 문제집을 푸는 사람, 책을 보는 사람도. 삼삼오오 모여 대화를 나누는 이들도 있다.

　저마다 다른 일을 하지만 가끔 눈에 띄는 사람이 있다. 아무것도 하지 않는 사람이다. 찻잔을 들었다 놓는 행위 외에는 모든 게 멈추었다는 듯이 하염없이 창밖을 보거나 편안히 등을 기대고 앉아 있다.

　카페는 커피를 마시는 곳이지만 이상하게도 커피만 마시는 사람을 보기는 힘들다. 그런 사람을 볼 때면 시간을 보낼 수 있는 사람이구나 싶어 부러운 마음을 넘어 그런 여유를 가진 데 대한 동경까지 든다. 나도 모르게 흘깃흘깃 눈길이 간다.

　차 한 잔을 마시고 시간을 만끽하는 사람들. 아무것도 안 하는 듯하지만 가장 완벽하게 시간을 보내는 이들을 더 많이 보면 좋겠다.

하늘을 보는 일

어디서든 열심히 살아 내길

"두더지 때문에 골치가 아프다."

아빠가 두더지가 잔디밭을 헤치고 나무뿌리도 갉아먹는지 작은 묘목들이 자꾸만 죽고 또 텃밭에도 들어가는지 갑자기 작물들이 시들어 버린다고 했다.

농촌에서는 두더지가 병충해보다 더 무섭다고 한다. 그만큼 두더지 한 마리가 가지는 힘은 대단하다. 먹성은 어찌나 좋은지 자기 몸집의 절반을 하루에 다 먹어 치운다고 했다.

"지렁이고 뭐고 다 잡아먹는다. 얘네는 10시간 이상만 공복이면 굶어 죽는다고 해서 쉼 없이 돌아다니면서 먹는 기라. 지 딴에는 최선을 다해야 먹고 산다는 건 알겠는데 자꾸 여기저기를 헤쳐 놓네."

"잡으려고는 해봤어요?"

"아이고, 진짜 잘 안 잡힌다. 대단하다니까."

그때 동생이 나를 불렀다.

"누나, 여기 봐."

"어머머! 이게 두더지야?"

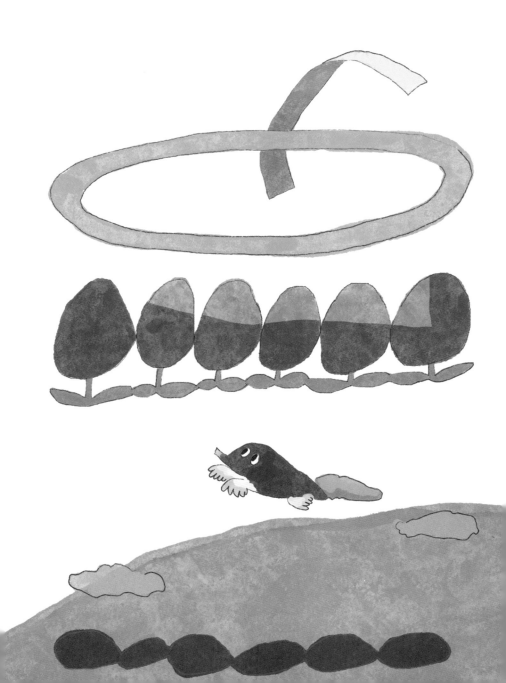

내 손바닥만 한 두더지가 토실토실 살이 올라 통통거리며 텃밭을 돌아다니고 있었다. 아빠 말처럼 얼마나 빠르게 순식간에 땅을 헤집고 들어가는지 아무리 재빠른 사람도 절대 손으로는 잡을 수 없어 보였다. 두더지는 몸에 비해 크고 두툼한 손을 가졌고 손톱도 크고 날카롭다.

'저 커다란 손을 이용해 일생을 땅속을 헤집고 다니다니 대단해. 우리에게는 미운 동물이지만.'

아빠의 근심을 들으면 마땅히 미워해야 하지만 잠깐이나마 두더지를 직접 봐서인지, 또 혼자 열심히 살아 내는 게 느껴져서인지 짠한 마음도 들었다. 작지만 굉장한 동물임은 틀림없다.

"윤기가 좌르르한 게 그래서 흙이 몸에 안 묻나?"

두더지는 열심히도 살지만 생긴 것도 반질반질 윤이 나고 귀엽다. 아, 이것 때문에 그리 밉지 않은 걸까. 우리 집 마당에서는 얼른 나갔으면 좋겠지만.

판다의 기질

다정함을 가진 아기 판다

오승희 사육사에 따르면 푸바오는 아주 다정한 판다라고 한다. 사육사의 출근길에도 또 퇴근길에도 꼭 몸을 비비고 인사하는 사랑이 넘치는 판다라고. 그건 푸바오만의 특별함이라고 했다.

난 다정함의 힘을 안다. 김천에 사는 부모님네나 동생네를 가면 엘리베이터에서 만나는 모든 사람이 인사를 건넨다. 서울 사는 내게는 생경한 일이다.

"같은 아파트에 산다고 해도 어떻게 모든 사람이 전부 인사를 하지?"

부모님도 동생도 누가 먼저 인사를 시작했는지는 모른다고 했다. 처음에는 조금 쑥스러웠지만 곧 일상이 되었고 지금은 자연스러워졌다고. 김천에서 올라오는 길에 남편에게 말했다.

"우리도 먼저 인사하자."

안녕하세요, 그 한마디가 뭐가 어렵다고 하지 못했을까. 그 한마디에 누구보다 내가 위로받는 것을. 푸바오는 어떻게 알았을까? 인사의 다정함을. 나도 푸바오처럼 다정함을 잃지 말아야지.

푸바오에게

자꾸 나비가 날아가네

나비가 무슨 이야기를 해?

세상 곳곳의 이야기   내가 사랑하는 사람들

엄마는 잘 지내고 있고

할부지들은 늘 내 생각을 하고

루이와 후이는 부쩍 컸고

아빠에게 새로운 집이 생겼다고

귀를 기울이면

은둔자가 아니라 관찰자

누군가 알아보는 게 불편해 익명을 사용한다. 나는 소심하고 남의 눈치를 많이 보는 사람이다. 그 사람이 불편해할까 봐 혹여 마음 상한 일이 있어도 좋은 것들만 추려 글로 내보인다. 그 외의 감정들은 결국 메모 혹은 일기로만 남는다.

가령 놀이터에서 있었던 일을 쓰고 싶은데 놀이터 엄마 중 우연히 내가 작가라는 걸 알게 된 사람이 있으면 그 사람이 신경 쓰여 결국 글로 적지 못한다. 친구와 살짝 껄끄러웠던 일을 적으려니 친구가 내 글을 보고 오해할까 싶어 쓰지 못한다. 몇 번 비슷한 상황이 반복되니 더더욱 익명을 고집하게 되었다.

가끔 남을 의식하지 않는 이들을 보면 늘 부러워했다.

그러던 어느 날 친구가 말했다. 내 글은 관찰자 같다고. 자신의 일상을, 사람들을, 자연을 관찰하는 글 같다고. 관찰자라니! 그 말을 듣자 익명이라는 단어 속 어두운 한구석에 친구가 전구를 달아 준 듯했다. 반짝, 하고 내 공간에 불이 켜진 느낌이랄까.

그런 게 있다면 좋겠다

그럴 수도 있지

　　내가 하는 일은 하루에 며칠 동안 할 일을 몰아서 왕창 할 수도 있고 온종일 기를 써도 단 하나도 마음에 드는 결과물이 안 나오기도 한다.

　　하루는 도통 진도가 나가지 않아 그냥 있다 보니 저녁이 되었다. 남편과 저녁을 먹다 오늘 일을 이야기하며 나도 모르게 위축되었나 보다.

　　"그런 날이 있을 수도 있지."

　　남편은 내게 그럴 수 있지, 그런 날이 있을 수도 있지 하는 말을 종종 한다.

　　그 말을 들으면 불안한 마음이 달아나고 마음이 편안해진다. 그러게, 어떻게 매일 열정적으로 살아. 그럼 지친다고. 암, "그런 날도 있지" 하고 내뱉어 본다.

그런 날도 있는 거야

중급자 코스

나무는 나뭇잎에 애벌레나 해충이 붙어 갉아먹으면 애벌레가 싫어하는 물질을 만들어 나뭇잎까지 전기 신호를 보내는 데 한참이 걸린다. 누가 자신의 몸 일부를 공격해도 반응이 굉장히 느린 것이다. 나도 그런 사람이다. 누가 무슨 말을 다다 해대거나 싫은 말을 하면 그 자리에서 말하지 못하고 집에 돌아와서야 '아, 그런 이야기를 할걸', '아, 그땐 그 이야기를 해야 하는데' 하며 뒤늦게 후회하는 사람.

지금은 혼자서 예행연습을 한다. 그가 그렇게 말하면 난 이렇게 말해야지, 그가 저런 행동을 하면 난 이렇게 응수해야지 하면서.

인생의 초보자 코스는 부모에게서 배우지만 그걸 지나 중급, 상급으로 갈수록 배우기보다는 홀로 부딪히고 극복하고 알아 나갈 수밖에 없다.

게임도 레벨이 올라갈수록 더 단단한 방패와 더 강한 칼을 들듯, 세상도 살아갈수록 준비하고 알고 이겨 내야 하는 게 많다.

가끔은 떨어질 수도 있어

다시, 너를 지킬게

　송영관 사육사는 처음 판다 사육을 제안받고 많이 고민했다고 한다. 오랑우탄들을 돌보았을 때 성심성의껏 돌본 새끼 오랑우탄을 결국 하늘나라로 보낸 기억 때문이었다. 너를 지켜 주겠다고 굳게 약속했지만 지키지 못해 괴로웠다고 했다. 애정이 깊어 상심도 컸던 탓에 한동안 슬럼프에 빠졌다고. 그리고 1년 동안 다른 업무를 보다 받은 제안이 판다 사육사였다.

　처음에 그는 다시금 소중한 누굴 잃을 수도 있다는 생각 때문에 판다들을 힘껏 사랑하는 데 두려움이 있었다고 했다.

　그가 마음을 연 것은 우연한 사고 때문이었다. 아기 푸바오가 송바오 옆에 있는 나무에 올라갔는데 힘 조절이 되지 않아 그만 떨어지고 말았다. 나무에서 떨어진 판다는 부끄럽고 불안하고 복합적인 마음이 든다고 한다. 예민한 상황에서 푸바오는 송바오에게 안겼다. 푸바오가 자신을 깊이 믿고 의지하고 있다는 걸 안 송바오는 그때 마음의 문이 활짝 열렸다고 했다. 다시 힘껏 사랑할 용기가 생겼다고 말이다.

네가 내게 떨어지던 날

그날

네가 나무가 아니라

내 마음의 문으로

떨어진 것 같아

내가 너를 안아 줄게

내가 너를 지켜 줄게

내 마음에 쿵

하모

"아빠, 할머니 음식 먹고 싶어요?"

내가 묻자 아빠가 답했다.

"하모, 묵고 싶지."

하모는 할머니가 자주 쓰던 말이다. 할머니의 그 말투 그대로 아빠가 말한다. 나도 선이를 임신했을 때 할머니가 만들어 주던 등겨장이 너무 먹고 싶었다. 파는 곳을 수소문해서 모두 시켜 봤지만 할머니가 해 준 맛을 채울 수 없었다.

할머니는 요리를 잘했다. 제육볶음만 꼽아도 남들과 달랐다. 커다란 솥에 돼지고기를 큼지막하게 가득 썰어 넣었다. 양파, 대파도 커다랗게 툭툭 썰어 넣었다. 김치도 몇 포기를 넣을 만큼 손이 컸다. 가게를 해서 드나드는 사람이 많아서인지 육 남매를 먹여 살리느라 그랬는지 동네 사람 한둘은 늘 놀러 와서였는지 몰라도 무슨 음식이든 넉넉하게 차려 냈다.

아무렇게 만든 것 같은데 맛을 보면 기가 막혔다. 간은 또 얼마나 잘 맞는지! 할머니 집에만 가면 살이 쪄 왔다. 이번에는 안 먹을 거라고 단단히 결심해도 늘 무너져 버렸다. 지금은 그때 더 먹을 걸 하고 후회한다. 아빠는 오죽할까.

아빠와 할머니 음식을 실컷 추억하고 집으로 올라오는 날, 아주 나중에 나는 어떤 음식이 그리울까 생각해 보았다.

아빠가 숯불에 구워 주는 소금구이와 주물럭이 그리울 것 같다. 엄마의 음식 중에는 토란국과 자잘하게 썰어 졸이는 고추멸치장물을 꼽겠다.

생각만으로도 군침이 돈다. 밥 먹은 지 얼마 안 되었는데. 다음에 집에 가면 어떻게 만드는지 제대로 배워 두어야지. 하지만 먼 훗날 그 음식을 먹을 때는 좀 짭짤할 것 같다.

* 하모는 경남 지방 방언으로 '그럼'이라는 뜻이다.

누구에게나 절대 보내지 못하는 것들이 있잖아

결코 잊을 수 없는 것들

평생 가지고 가는 것들

죽을 때까지 마음에 담고 가는 것들

샹샹, 너를 보러 왔어

아이 예쁘다

강 사육사님과 송 사육사님, 그리고 오 사육사님이 바오 가족에게 하는 말은 들을 때마다 내 마음에 별처럼 콕콕 박힌다. 분명 푸바오에게 하는 말들이지만 내게 해 주는 말처럼 다가온다. 나에게 하는 말이 아님에도 엄청난 위로와 용기를 받는 느낌이랄까.

푸바오가 대나무를 골라 밥을 잘 먹기만 해도 칭찬이 쏟아진다. 어른이 된 나는 이런 말들로 마음이 데워지고 용기를 얻는 게 아닐까.

나는 규칙적으로 돈이 나오지도 않고 언제 일이 끊겨도 이상할 게 없는 직업을 갖고 있다. 낙천적인 나이지만 때때로 커다란 불안이 찾아올 수밖에 없는데 꽤 오래 이 일을 하고 있어도 그런 불안감은 쉬이 지워지지 않는다.

푸바오와 판다 가족은 보는 것만으로도 귀엽지만 푸바오의 작은 행동 하나에도 잘했다, 예쁘다 외쳐 주는 사육사님들의 말이 나에게도 얼마나 큰 힘이 되는지 모른다.

마음을 채우는 말들

다시 우리 넷

동생과 내가 다 결혼하고 몇 해가 지났을 때다. 급하게 김천에 가야 할 일이 생겨 나만 내려갔다. 그때 동생의 아내인 재연이는 서울 친정집에 갔었다. 그래서 엄마와 아빠와 나, 그리고 동생이 밥을 먹었다.

"넷만 있는 건 진짜 오랜만이네."

결혼하면서는 주로 남편과 아이와 함께 내려가고, 동생네도 아이가 생겨 한동안 꽤 북적였기 때문이다.

"어린 시절로 돌아간 것 같다."

노을이 예쁜 날이었다. 얼마나 새빨갛던지. 평소 노을이 싫다던 엄마도 그날은 노을 앞에 선 엄마를 찍어 달라고 말할 정도였다.

과거로 돌아간 듯한 느낌이었다. 우리에게 주어진 짧은 시간을 통해 서로가 참 소중한 존재이구나, 깨달을 수 있었다. 각자의 가정이 있는 지금도 감사하지만 넷만의, 행복했던 기억이다.

앞으로 넷만 만날 일이 몇 번이나 더 있을까? 가끔은 그런 시간을 갖고 싶다.

죽순을 함께 먹는 사이, 식구

그래도 살아지나 보다

그림과 글로만 완벽히 독립하기 전에 나는 최소한의 생활비를 벌고자 주 2-3회 입시 학원에서 일했다. 그러다 조금씩 수익이 생기면서 전업 작가가 되기로 마음먹고 학원을 그만두었다. 처음에는 들어오는 일을 하나도 거절하지 않았다. 터무니없이 싼값에 일한 적도 있다. 그래도 벌리는 돈은 적었다.

하루는 은행에 대출을 알아보러 갔다. 대출 서류에는 직업을 쓰는 칸이 있었는데 고민하다 전문직에 표시했다. 그러자 은행원이 나에게 무슨 일을 하냐고 물어봤다. 돈은 못 벌어도 전업 작가가 된 내가 대단하여 뿌듯한 얼굴로 작가라고 답했더니 어떤 작가냐고 다시 물었다.

"그림도 그리고 글도 써요." 하지만 그림 그리고 글을 쓰는 건 전문직이 아니란다. 내가 체크해야 하는 칸은 무직이었다.

그 몇 년이 인생에서 가장 불안했던 시기다. 통장에 월세의 두세 배 정도 돈만 있으면 안심이었다. 그보다 혹 떨어지면 월세를 못 낼까 초조했다. 그래도 한 번도 월세를 밀린 적은 없었다. 희한하게 '월세는' 낼 수 있는 돈은 벌었다. 그래도 살긴 살아지나 보다. 인생은 묘하다.

마음대로 되지 않는 인생이라지만

서로의 공간을 갖는다는 것

　몇 년 동안 외국에서 살다 부모님 집에서 지낸 지 한 달 정도 되었을까? 아빠가 언제 나갈 거냐며 빨리 서울로 가라고 말했다. 몇 달은 푹 쉬고 가고 싶다고 하니 뭐하러 오래 있냐며 빨리빨리 움직이라고 나를 재촉했다.

　그날 밤 서운한 마음에 베개 가득 눈물로 젖을 만큼 울었다. 그리고 쫓기듯 서울로 가 해방촌에 집을 구했다. 주소는 지층이지만 지하와 지상이 고루 섞인 집이었다. 나는 집을 반으로 갈라 한쪽은 작업실로 사용하고 한쪽은 생활 공간으로 썼다. 구조가 특이한 집이라 콘센트 위치가 마땅치 않아 전자레인지 줄을 긴 꼬리처럼 길게 늘어 꽂아야 했다.

　얼마 후에 아빠와 엄마가 나를 보러 올라왔다. 집에 오자마자 엄마는 냉장고는 닦은 거냐며 당장 청소를 시작했다. 엄마의 손길로 깨끗해진 냉장고. 과일 칸에는 신문지, 비닐, 키친타월이 차례로 깔렸다. 엄마는 사과, 배, 그리고 김천에서 유명한 샤인 머스캣을 가득 넣어 주었다. 엄마 반찬도 가득 채워졌다.

　아빠는 철물점에서 졸대와 펜치를 사 와 전자레인지 위와 거실 중간에 있던 멀티탭들을 정리했다. 전자레인지 뒤로 벽에 졸대를 붙이고 상부장 밑으로 전선을 넣어 깔끔하게 마무리해 주었다. 단숨에 집이 깔끔해졌다. 화장실 전등도 깨끗하게 씻고 다시 달았다.

그날 저녁, 아빠 덕분에 말끔해진 집에서 엄마 덕분에 풍성해진 식탁에서 맛있게 밥을 먹고 한 방에 같이 잤다.

다음 날, 일찍 일어난 아빠는 집 밖에서 담배 한 대를 피웠다. 그러고는 엄마에게 말했다.

"얼른 준비해라, 가자. 우리 간데이."

우리, 이별은 따뜻하게 하자

이별을 생각하면 마음이 아픈데

우리는 그런 이별은 하지 말자

격하게 따뜻하고

그렇게 이별하자

썰물만 있는 바다

10년 전인가. 부모님에게 훠궈를 맛보여 주고 싶어 훠궈 가게에 갔다. 그때만 해도 훠궈가 대중적이지 않아 중국인이 모여 사는 동네로 가야 했다. 나는 어떻게 먹어야 하는지 엄마와 아빠에게 알려 주었다.

그다음에는 양꼬치와 마라탕을 먹으러 갔다. 그 후에는 유행하는 파인 레스토랑과 디저트 가게에 갔다. 그즈음 괜찮은 오마카세에도 데려갔다. 가장 최근에는 엄마와 아빠 핸드폰에 챗gpt를 깔아 주었다.

효도의 마음으로 한 건 아니다. 부모님에게 새로운 것, 유행하는 것, 젊은 사람들이 하는 것을 자꾸만 알려 주고 싶은 건 엄마와 아빠의 젊음을 잡아 두고 싶어서다.

두 사람은 썰물처럼 천천히 계속 젊은 세상과 멀어진다. 음식도 먹던 것만 먹고 음악도 듣던 것만 듣는다. 새로운 음식과 가수와 유튜브와 영화는 모른다. 밀물은 없고 썰물만 있는 바다에 살고 있다.

그럴 때 나는 그들의 밀물이 되어 두 사람의 바다에 새로운 것, 즐거운 것을 찰싹찰싹 당겨 오고 싶다. 그러면 부모님이 조금이나마 천천히 늙어 갈까 싶어서다.

나는 잘 지내고 있어요

푸바오, 사랑해

"언니, 나 지금 청두야! 이것 봐, 푸바오 사진이야."

은선이가 청두에 있는 아트 레지던시에 합격해 잠시 머무르는데 주최 측에서 청두 판다 기지에 데리고 가 주었다고 메시지를 보냈다.

"푸바오는 좋아 보여?"

나의 질문 폭격에 은선이는 푸바오는 산 좋고 공기 좋은 곳에서 잘 지내는 것 같다며 안심시켰다.

얼마 후에 강바오도 푸바오를 보러 청두로 떠났다. 어떤 마음이었을까 생각하는 것만으로도 뭉클해졌다.

푸바오가 씩씩하게 지내고 있길, 고향과 가족이 그리워도 자신의 삶을 잘 살아가길 바랐을 거다. 우리가 다시는 볼 수 없다고 하더라도.

둘에게는 짧은 시간만 허락되었지만 강바오는 덤덤하게, 늘 그랬듯이 "푸바오, 너무 잘하고 있어"라고 말했다. 푸바오가 제일 많이 들었을 말, 내가 제일 좋아하는 말. 짧은 만남 뒤에 긴 이별이 기다리고 있을지라도 강바오는 말한다.

"할부지 금방 또 올 테니까 많이 먹고 잘 놀아야 해. 알았지?"

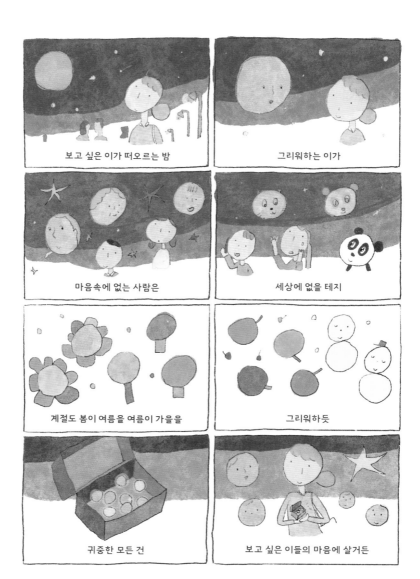

보고 싶은 이가 떠오르는 밤

그리워하는 이가

마음속에 없는 사람은

세상에 없을 테지

계절도 봄이 여름을 여름이 가을을

그리워하듯

귀중한 모든 건

보고 싶은 이들의 마음에 살거든

그런 밤들

마음이 그렁그렁

선이가 태어나니 특히 작업을 마감할 때 선이와의 공간 분리가 필요하다. 이럴 때 남편은 내게 잠시 유배를 다녀오라고 말한다. 선이가 두 살 때 했던 마감 장소는 치앙마이였다. 이 책은 선이가 세 살 때 완성된다.

제법 말도 하고 이것저것 인지를 시작하는 선이를 두고 유배를 떠났다. 몇 주 자리를 비우고 집에 오니 선이가 말한다.

"고생했어."

쿵, 자리에서 얼음이 되었다. 아직 마무리하지 못한 일 때문에 나는 또 집을 떠나야 한다. 그 말을 들은 선이는 대뜸 자신의 포동하고 작은 손을 펴 엄지손가락을 접더니 "4일만 자고 와야 해" 말한다. 너무 귀여워서 남편이랑 하하 소리 내어 웃었다.

"엄마 10일만 자고 올게."

알아들은 척하며 열심히 고개를 끄덕이는 선이. 그날 밤 우리 셋은 행복하게 잠들었다.

다음 날, 선이와 남편이 공항 앞까지 배웅을 해 주었다. 선이는 내게 손 하트를 날리고는 "엄마 사랑해요" 하고 연신 외쳐 주었다. 내가 너무 사랑하는 윙크도 잊지 않았다. 밝은 선이를 봐서 나도 가벼운 마음으로 비행기를 타려는데 남편에게 전화가 왔다.

"선이가 얼마나 우는지 몰라."

남편이 말하지 않아도 선이가 엉엉 우는 소리가 들린다. 엄마가 보고 싶다고 우는 내 딸. 아까는 그렇게 밝게 인사해 놓고는. 내게 온갖 씩씩한 척을 다 했으면서 사실은 그렇게 슬펐던 거야?

마음이 쓰렸지만 나는 비행기를 탔다. 제주로 향하는 내내 눈물을 훔치곤 호텔에 도착해 숨도 고를 틈 없이 원고를 정리하다 그런 생각이 들었다.

푸바오가 자신을 만나러 청두로 온 강바오를 만났던 날. 푸바오는 그날에는 괜찮다는 듯, 너무나 씩씩하게 있다가 강 사육사가 한국으로 돌아가고는 할부지가 있던 곳을 자꾸 기웃거린다는 기사를 봤다.

푸바오가 강바오를 보자마자 뛰어나오고 환호하지 않을까 내심 생각했던 것은 어른의 못난 기대였을 수 있다. 우리가 틀렸다. 선이 같은 아이와 판다는 우리 어른보다 더 속이 깊다.

푸바옹~

어? 꿈인가?

할부지 목소리가 들려

올 리가 없잖아

어쩌면

나를 보러 오는 걸까?

나 씩씩하게 있어야지

할부지 슬프지 않게

또 만나요

EPILOGUE

이 책의 원고를 쓰는 중반 즈음부터 눈두덩이와 눈 밑으로 새빨간 발진이 일어났다. 갑자기 얼굴에 문제가 생겨 당황스러웠는데 어느새 내가 판다화되어 가나 하는 생각이 들어 한편으로는 재미있기도 했다.

피부과를 세 군데나 찾아갔지만 모두 원인을 알 수 없다는 이야기만 들었다.

이로 인해 가장 달라진 점을 꼽으라면 조금이라도 자극적인 성분이 들어 있으면 피부가 아파 화장품을 몽땅 바꾸었다는 것. 덕분에 내 인생 최고로 좋은 화장품을 살 수 있었다.

그래도 햇빛을 보면 얼굴이 아파 와서 온종일 방에 틀어박혀 있어야 했다. 다른 생각은 하지 않고 글과 그림에만 집중했다. 지나고 보니 이 기간 동안 나는 좋은 음식을 먹고 좋은 화장품을 발랐다. 이 또한 판다가 내게 준 선물이 아닐까 싶다.

선이가 세상에 나오기 전부터 선이가 세 살이 될 때까지 바오 패밀리는, 특히 푸바오는 나에게 큰 기쁨이었다. 귀엽고 사랑스런 판다, 그들을 돌보는 사육사, 그리고 나 같은 바오 패밀리에게서 행복을 얻는 사람들. 보이지 않지만 끈끈한 유대감을 느낄 수 있었다.

　신기하게도 피부 발진은 원고가 완성되어 감에 따라 서서히 가라앉아 지금은 말끔해졌다. 어느새 작업이 끝났고, 이제 나도 정말 푸바오에게 인사를 고해야 할 때가 왔다.

　푸바오 안녕.
　따뜻하게 안녕.

- 나는 제주에 머물며 이 책을 마감했다. 2024년은 제주시가 기상 관측을 시작한 101년 동안 최장 기간 열대야가 계속된 해다.

우리 공주님 예뻐요.
어쩜 누워 있는 것도 귀여워요?

조금 쉬면 괜찮아질 거야.
한잠 자고 나면 편해져요. 봐 줄게, 옆에서

아유 우리 푸바오 똑똑해요.
보통 똑똑한 게 아니에요

엄마가 피곤해서 그런 거야.
곧 일어날 거야. 조금만 기다려요, 우리

훌륭한 판다야.
아이 예뻐 덕분에 주변이 환해졌어요

쌍둥이들 잘 놀았어요? 사이좋게?
둘이 있으니 두 배로 더 예뻐용~

오늘 하루도 훌륭하게 잘 해냈어요.
어서 집으로 돌아가요

푸 공주 천천히 다녀요, 천천히 다녀.
힘들지 않게요

어서 밖으로 나가자.
요즘 밖이 얼마나 예쁜지 몰라

오구 씩씩해.
우리 뚠빵이처럼 씩씩한 판다는 없어요.
얼마나 에너지가 넘치는데요

아이바오가 편하게 안정되게 있는 것을 보니
할아버지 마음도 편해졌어요

잘하네. 급하지 않게,
급하지 않게 아주 잘하고 있어요

괜찮아. 넘어지는 건 문제가 안 돼.
넘어지면 그냥 다시 일어나면 돼.

그 냄새 꼭 기억해. 그 꽃을 꼭 기억해야 해.
향기를 맡으면 이곳의 추억이 되살아날 거야

아이바옹~ 힘들지? 아기 키우느라.
우리 아이바오가 제일 고생하고 있는 것
할아버지가 다 알아요.

푸바오, 푸바오는 언제나 잘하고 있어.
얼마나 자존감이 높은데

공주님 정말로 용감하네.
혼자서 그 높은 곳까지 올라가고 대단해요

러바오~ 오늘은 편식도 안 하고 너무 훌륭해요.
뭐든지 잘 먹는 판다가 이기는 거야

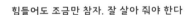

힘들어도 조금만 참자. 잘 살아 줘야 한다

꼬물이 조용~. 아이바오 편하게 앉아 먹어요.
엄마 많이 많이 먹어요

누군가 8월의 댓잎 새순을 하나하나 모아서
너의 입에 넣어 준다는 건
너를 아주 많이 사랑한다는 거야

푸바오 혼자서 잘 살아갈 수 있지?
너도 엄마 아빠처럼 정말 혼자서 살아가야 해. 알겠지?

속상해하지 말고 씩씩하게 잘 살아야 해.
그래도 할아버지가 옆에서 계속 지키고 있을 테니까

늘 이렇게 지켜 줄 거야 언제나.
어떤 상황이 오든 늘
너의 편이고 널 생각하고 있어

오 정말로 용감했어요.
그렇게 씩씩하게 자유롭게 마음껏 하는 거예요

아이바옹 조금 나아졌어 이제? 빨리 회복하자.
다 괜찮아질 거야

네가 필요할 때가 있으면 언제든지 달려갈 거니까.
난 널 지키기 위해서 태어난 사람이잖아

연습 많이 했구나. 루이바오~ 힘주는 것 쉽지 않지?
열심히 애써 줘서 고마워

지치고 힘들 땐 너를 사랑하고 응원하는
가족들이 있다는 걸 꼭 기억하렴

아이바오 여사님은 어떻게 다 예뻐요?
태어나 줘서 고마워요

소복소복 멋진 눈이 내렸어요.
오늘 눈이 내린 만큼 우리 푸바오에게
아주 행복한 날이 되었으면 좋겠어요

사랑해 푸바오, 사랑해 사랑해

푸바오에게, 그리고 나에게

너를 만난 건 행운이었어

초판 1쇄 발행 2024년 10월 7일

지은이 오리여인
펴낸이 안병현 김상훈
본부장 이승은 **총괄** 박동옥 **편집장** 박윤희
책임편집 이경주 **디자인** 김지연
마케팅 신대섭 배태욱 김수연 김하은 **제작** 조화연

펴낸곳 주식회사 교보문고
등록 제406-2008-000090호(2008년 12월 5일)
주소 경기도 파주시 문발로 249
전화 대표전화 1544-1900 **주문** 02)3156-3665 **팩스** 0502)987-5725

ISBN 979-11-7061-192-9 (03810)
책값은 표지에 있습니다.